Jochen Nagel

Olli und das Wunder von Müngersdorf

Fußballmärchen

Impressum

Bibliografische Information der Deutschen Nationalbibliothek:
Die Deutsche Nationalbibliothek verzeichnet diese Publikation in der Deutschen Nationalbibliografie; detaillierte bibliografische Daten sind im Internet über http://dnb.dnb.de abrufbar.

Lektorat: Tatjana Kreß
Korrektorat: Tatjana Kreß
weitere Mitwirkende: Heidi Giebels

Verlag: BoD · Books on Demand GmbH,
In de Tarpen 42, 22848 Norderstedt, bod@bod.de
Druck: Libri Plureos GmbH, Friedensallee 273,
22763 Hamburg

ISBN: 978-3-7693-1541-7

Für Olli

„Schaun mer mal."

Franz Beckenbauer

I. Vor dem Spiel

Fußball ist ein einfaches Spiel. Elf gegen Elf. Zwei Tore. Ein Ball. Ein Spiel dauert 90 Minuten.

„Möge der Bessere gewinnen."

„Fairplay."

„Elf Freunde sollt ihr sein."

„Der Ball ist rund."

„Nach dem Spiel ist vor dem Spiel."

Es gibt zahlreiche Weisheiten. Nicht immer treffen diese Weisheiten oder diese einfachen Regeln zu.

So wie die Welt, ist auch der Fußball komplexer, schneller und komplizierter geworden. Videoassistenten. Torlinientechnik. Vierter Offizieller. Nachspielzeit auf Anzeigetafeln.

Auch das mit den elf Freunden ist angesichts der gezahlten Millionengehälter und Ablösesummen so eine Sache. Oder die Investoren, die ganze Clubs einfach so kaufen. Weil sie es können. Oder diejenigen, die sich anderweitig den Einfluss auf einen Verein sichern.

„Geld regiert die Welt," heißt es in Politik und Wirtschaft.

„Geld schießt Tore," soll es im Fußball richten.

„Geld regiert den Fußball," trifft den Kern.

Und dennoch geschieht es immer wieder, dass die Gesetze des Geldes, des Marktes, nicht greifen. Einsatz, Zusammenhalt und unbedingter Wille können Berge versetzen.

Gelegentlich geschieht das Unfassbare. Die vermeintlich Kleinen gewinnen gegen die mutmaßlich Großen.

Dann sprechen viele von einem Fußballwunder. Manche bemühen sogar den Herrgott, der just an diesem Tage ein … gewesen sein muss.

Meist hat es jedoch mit dem Ursprung des einfachen Spiels zu tun. Elf Freunde sollt ihr sein. Einer für den anderen eintreten. Jede und jeder sein Bestes geben. Und dann noch das Quäntchen Glück haben, das stets mit dazu gehört.

Dann erinnern wir uns wieder an das schöne Spiel. „O Jogo Bonito" sagen die Brasilianer. So, wie wir als Kinder gespielt haben. Mit Herzblut. Mit Leidenschaft. Mit purer Freude. Da war Hand einfach Hand. Bei drei Ecken gabs einen Elfer. Da brauchte es eine Wiese, vier Shirts als Torpfosten und eine virtuelle Torlatte.

Ein Schiedsrichter war überflüssig. Man diskutierte die strittigen Szenen aus und weiter gings.

Bis eine Mannschaft zehn Tore geschossen hatte oder Mutti zum Essen rief.

Das einfache Spiel.

In dem manchmal Wunder geschehen.

II. Mannschaftsaufstellung
„Der Ball ist rund"

Es war einmal. So fangen viele Märchen an. Und so soll auch diese märchenhafte Geschichte beginnen, die wahrhaftig und zugleich fabelhaft klingt. Es war einmal …

1

Es war einmal, da lebte in einem kleinen Dorf hinter den Vogelbergen ein Mann. Er war von hohem Wuchs, schlank und sein dunkler Schopf erinnerte an frühe südländische Vorfahren. Von denen hatte er offensichtlich auch seinen emotionalen Charakter geerbt.

Von Berufs wegen war er Bergmann. Wie es seine Schicht verlangte, arbeitete er fleißig über und manchmal unter der Erde. Unter Tage, wie es unter den Bergleuten heißt.

Auf seine Tätigkeit war er sehr stolz. Ebenso auf seine Firma, denn die war weltbekannt. Sie lieferte unter anderem Dünger, mit dem die Früchte auf den Feldern und Äckern besser wachsen konnten. Eine wichtige Firma. Eine wichtige Arbeit. Darauf durfte er als Bergmann zu Recht stolz sein.

Mit seiner Hände Arbeit trug er ein klein wenig dazu bei, dem Hunger in der Welt zu begegnen. Der Dünger half, damit dort, wo bislang nur ein Halm wuchs vielleicht ein zweiter wachsen konnte. Oder dass auch im Folgejahr gute Ernten möglich waren.

Wenn unser Bergmann dann seinen Blick über die goldgelben Felder voller Hafer, Roggen, Weizen oder Mais schweifen ließ, ahnte er, wozu seine Arbeit, neben der Bauern fleißiger Hände tagtäglich beitrug.

Ein gutes Gefühl.

Sanft fielen die Hügel vor seinem geistigen Auge oder vom Fenster seiner Wohnung hinab ins Tal der Kemmete, durchsetzt von Wiesen und Weiden voller Kühe und Rhönschafe, unterbrochen von feinen Hainen und ausgedehnten Rücken voller Forst. Dahinter vermutete er die ertragreichen Fischteiche. Kaum vernehmbar und dennoch vorhanden rauschte im Hintergrund das Dröhnen der Kraftfahrzeuge auf der Autobahn. Windräder taten ihre Dienste und lieferten sauberen Strom.

Seine Arbeit und seine Heimat gefielen ihm. Hier fühlte er sich wohl. Hinter den Vogelbergen.

Rommerz (Hessen, Landkreis Fulda) - Jochen Nagel

Und natürlich erhob sich inmitten der ländlichen Idylle zwischen den Vogelbergen und den weiten, offenen Fernen der Rhön die Abraumhalde. Hier sammelte sich seit Jahrzehnten all das, was die Bergleute, seine Kumpel, jeden Tag aus den Tiefen der Stollen ans Tageslicht förderten, aber keine Verwendung in der Produktion finden konnte. Abraum eben. Was für ein Wort.

Schließlich gehörte dieser Teil ebenfalls zu der Arbeit dazu. Der Berg türmte sich inzwischen zu mehr als einem Hügel in der Ebene. Liebevoll wurde er auch Monte Kali genannt.

Schien die Sonne, schien der Berg wie weißes Gold zu glänzen und von den ertragreichen Jahren zu künden. Kamen Regen oder Schnee, sorgte die Feuchtigkeit für eine grau-braune Tristesse und erzählte von den schweren Zeiten unter Tage.

Aber allzu häufig regnete es nicht. Für manche im Dorf war der Monte Kali ein Bote des Klimawandels, weil die Wolken sich heute an ihm teilten und mit ihrer feuchten Fracht vorbeiflogen. Oftmals blieb es staubtrocken. Der Monte Kali stellte zwar ein natürliches Hindernis zwischen den Vogelbergen und der Rhön dar, markant und weithin prägend, erreichte allerdings keine Mittelgebirgsausmaße, an denen sich die Wolken stauen und ausregnen konnten.

Monte Kali (Neuhof, Hessen) - Jochen Nagel

Früher war das anders. Manche sagen - besser. Andere denken, heute wäre es besser.

Aber alle hatten sich an den Monte Kali gewöhnt oder ihn liebgewonnen.

Er gehörte zum Dorf und war schließlich der sichtbare Beweis eines örtlichen Arbeitgebers für zahlreiche Menschen. Und besteigen durfte man ihn auch. Die Aussicht: unbeschreiblich.

„Was waren das noch für schwere Zeiten im Zonenrandgebiet," dachte Olli, unser Bergmann, „um jeden Arbeitsplatz mussten wir kämpfen. Ich mag den Monte Kali."

Auf die mahnenden Worte seines Vaters hatte er im Zusammenhang mit der Arbeit immer gehört. Daher trat er in die Gewerkschaft IG Bergbau und Chemie ein und engagierte sich im Betriebsrat. Man konnte nie wissen, was die Zukunft bringt. Sein Engagement half ihm, den Überblick zu bewahren und seine Kumpel zu beraten.

„Aber heute," sinnierte er, „heute erfreue ich mich nach dem Feierabend des schönen Wetters. Die Sonne lacht. Ein paar weiße Wölkchen ziehen über die Pfarrkirche Maria Himmelfahrt hinauf zum Monte Kali."

Und dann huschte ein Lächeln über seine spitzbübischen Lippen. Sein Plan, was er mit dem Feierabend anfangen wollte, lag so klar wie Kloßbrühe vor ihm.

Wenn sich unser Bergmann nicht gerade seinen Schichten „auf Arbeit" widmete, kümmerte er sich liebevoll um seine Familie. Seinen Vater Robert, den er tatkräftig in Haus und Garten unterstützte. Oder um dessen Diabetes er sich sorgte. Mit den beruhigenden Hinweisen seines Vaters, er habe sich ja getestet und die Werte seien in Ordnung, weshalb er nun auch sein geliebtes Stückchen Kuchen am Abend essen könne, mochte er sich nicht zufrieden geben.

„Was soll ich denn bloß machen," sprach er dann bisweilen mit sich selbst, „aber Papa ist ja alt genug." Anschließend folgte ein Stöhnen oder Schnaufen.

„Wenn sie nicht werden, wie die Kinder."

Oder Olli werkelte im eigenen Haus und Garten. Gelegentlich gab es zwar Schwierigkeiten, wenn seine Meinung und die seines Schwiegervaters, wie denn die Bäume wirklich korrekt zu schneiden wären oder der Garten umzugraben sei, mal wieder nicht übereinstimmten.

Er half trotzdem. Seiner lieben Frau zuliebe. Seinen beiden lieben Kindern zur Ehre. Um des lieben häuslichen Friedens wegen, hätte seine Schwiegermutter noch eingeworfen.

Olli schluckte dann, stand selbst zurück und machte, wie meistens eine gute Miene und eine positive Ausstrahlung. Optimismus lag ihm im Blut.

Wie selbstverständlich unterstützte er den örtlichen Fußballverein, für den er viele Jahre erfolgreich gespielt hatte. Dort half er in der Jugendarbeit, bei der Platzpflege oder im Vereinsheim. Wenn Not am Mann oder der Frau war, sprang er bei den Jugendspielen auch mal als Schiedsrichter ein.

Es gab ja so viel zu tun.

Olli, unser Bergmann, musste einfach helfen. Er war eine Seele von Mensch. Herzensgut und liebenswert. Freundlich und zugewandt. So war er erzogen. Und derart verstand er auch Familie, Nachbarschaft, Verein, Gemeinschaft und christliche Nächstenliebe. Ganz praktisch. Jeder gab ein wenig, so viel er oder sie halt geben konnte. Und wenn alle etwas gaben, hatten am Ende alle etwas davon. Die Gabe zu geben.

Doch wo blieb eigentlich Olli, der Bergmann, der Sohn, der Ehemann, der Vater, der Familien- und Vereinsmensch? Gab es auch Raum für ihn, den Unterstützer und Helfer?

Doch, doch, es gab sie, diese Momente, diese Gelegenheiten, da war Olli einfach nur Olli. Ganz für sich. Für sich selbst da.

Da war diese eine Sache.

Olli war ein glühender Anhänger eines Fußballvereins. Nicht irgendeines Vereins. Nein, das wäre ihm nicht gerecht geworden. Olli war etwas Besonderes. Und da brauchte es auch einen besonderen, hervorstechenden Club. Der Verein. Ach, was. Ein Gefühl. Ein Lebensgefühl. Eine Herzensangelegenheit.

Olli verstand sich selbst natürlich als den weltgrößten Fan aller Zeiten. Eigentlich mehr ein Verehrer. Und wenn nicht von der Welt, dann zumindest im Dorf hinter den Vogelbergen. Vielleicht im Landkreis? Möglicherweise darüber hinaus. Wer wusste das schon? Und wer wollte das überhaupt wissen?

Schließlich war das auch völlig unerheblich. Ollis Verein, sein Herzensclub war, ist und würde es immer bleiben: der 1. FC Köln. Hauptsache FC. Rot und weiß. Oder „Rut un Wiess", wie sie in Köln sagen.

Wenn der FC, nein, sein FC spielte, dann war Olli nur für Olli da. Er lebte das Spiel mit. Als ehemaliger

Spieler drängte sich für ihn in jeder Situation, bei jeder Flanke, eine (andere) Lösung auf. Grätsche, Doppelpass oder Torschuss. Olli litt mit den Spielern, mit den Fans, mit dem FC. Er war dann mit dem ganzen Herzen dabei. Hin und wieder setzte er auch einmal bei einer Sportwette einen kleinen Betrag auf seine Mannschaft.

Mit seinem Enthusiasmus blieb Olli nicht allein. Einmal, bei einer Reise nach Hamburg, hatte er in Eppendorf eine Kneipe gefunden, die im hohen Norden Kölsch ausschenkte. Das regionale Bier aus Köln. An der Waterkant. Verrückt.

Doch damit nicht genug. Die Öffnungszeiten der Gaststätte orientierten sich am Spielplan des FC. Eigentlich waren Mittwoch und Donnerstag Ruhetage. Doch wenn der FC spielte, öffnete der Wirt die Türen und den Zapfhahn. Diese Idee gefiel Olli.

Möglichst jedes Spiel verfolgte er. Dann zog er sein Trikot mit der persönlichen Beflockung an, holte ein Kölsch, lieber früher als später, aus dem heiligen Kühlschrank nur für FC-Fans und dann konnte es losgehen.

Der Gesang der Fans sorgte bei ihm stets für eine Gänsehaut. Jede angedeutete oder gar halbe Torchance bejubelten sie. Olli ebenso. Immer wieder peitschten die Fans das Team - ihr Team - nach vorne.

Egal bei welchem Spielstand.

Egal in welcher Spielminute.

Egal mit welchem Trainer, der es gerade versuchte.

Egal in welcher Liga.

Treu. FC-Fans waren treu. Olli auch.

Da störte es ihn nicht, dass es zuletzt nicht wirklich toll lief. Abgestiegen. Wieder einmal. Egal. Wir kommen wieder. Immer wieder.

Der Saisonstart. Holprig wäre übertrieben. Egal. Et hätt noch immer jot jejange. So sagt es das kölsche Grundgesetz. Dann würde es auch so kommen.

Tja, und wenn dann ein Tor fiel und die Musik einsetzte: „…, wenn dat Trömmelche …" brachen alle Dämme und die Champions League schien nur noch ein Wimpernschlag entfernt zu sein.

So war das mit dem FC. Ein Gefühl. Wie im Leben. Ein Verein aus dem Leben für das Leben. Deshalb liebte Olli seinen FC und ließ nichts, aber auch gar nichts, auf ihn kommen. Als größter Fan, zumindest jenseits der Vogelberge.

Allein die eine Sache, die wurmte ihn total. Er schaute die Spiele. Er hatte sein Trikot. Beim örtlichen Getränkehändler gab es Kölsch. Wenn man früh war. Doch im Stadion seines FC war Olli noch nie.

Das musste ein Traum sein. Olli malte es sich in den schönsten Farben. Vor allem rot und weiß. Fünfzigtausend Kehlen, die voller Inbrunst sangen. Mitleiden. Mitfreuen. Mitfiebern. Mittrinken.

„Drink doch ene met …"

Das fehlte Olli noch zu seinem Glück, seinem FC-Glück.

„Das wäre echt schön," seufzte Olli.

Aber nur für einen Wimpernschlag. Traurig sein ist okay. Aber nur für kurze Zeit.

Schließlich wandte sich Olli dem heutigen Spiel zu, das gut zu laufen schien.

4

Gut zu laufen stellte sich später als Untertreibung heraus. Der FC spielte an diesem Tag unfassbar gut, wie aus einem Guss sozusagen, und gewann sein

Pokalspiel gegen irgendeinen unbedeutenden Bundesligisten.

Viertelfinale. Vollkommen verdient.

„Hoffentlich gibt es in der nächsten Runde ein Heimspiel," dachte Olli bereits voraus, „und möglicherweise eine lösbare Aufgabe."

Halbfinale. Finale. Pokalsieger. Europapokal.

Olli träumte.

Schließlich kehrte er in die Realität zurück und freute
sich auf den Sonntagabend, wenn in der Sportschau
die Partien ausgelost würden.

„Schaun mer mal, dann sehn mer schon" hätte Franz
Beckenbauer, der Kaiser, wohl zu diesen Überlegun-
gen gesagt.

5

„Die Zeit macht nur vor dem Teufel Halt," lautete der-
einst eine Zeile aus einem Schlagerlied.

Olli fühlte dies anders. Seit dem Pokalsieg über diesen unbedeutenden Bundesligisten - nur der FC ist
ein wahrer Erstligist mit Tradition und allem Pipapo -

fieberte er auf den Sonntag hin. Doch die Zeiger der Uhren wollten sich scheinbar nicht weiterdrehen.

Er fühlte sich wie ein Kind. Das Warten auf die Ferien. Lang, endlos lang. Und waren sie dann endlich da, huschten sie vorbei, die ersehnten freien Tage, wie ein flüchtiger Augenblick. Das Harren auf den Führerschein. Es dauerte gefühlt noch länger. Der erste Kuss. Eine Ewigkeit des Hoffens und Bangens.

Zeit hatte etwas Magisches. Eigentlich verlief sie chronologisch. Immer. Verlässlich. Gleichförmig. Für alle gleichermaßen. Unbestechlich. Unabhängig.

Und dennoch. Jeder Mensch fühlte dabei etwas anderes. Etwas Eigenes. Persönliches.

„Warte nur, mein Junge," pflegte Ollis Vater in solch ungeduldigen Situationen stets zu sagen, „komm du einmal in mein Alter. Dann vergeht die Zeit immer schneller. Viel zu schnell. Je älter desto schneller."

„Schneller?" dachte Olli, „das doch bloß bei einem Rückstand und viel zu geringer Nachspielzeit."

Und bei diesem Gedanken musste er seinem Vater beipflichten.

Schneller?

Das galt nicht nur für das Alter.

„Die Zeit macht nur vor dem Teufel Halt. Denn der wird niemals alt. Die Hölle wird nicht kalt. Die Zeit macht nur vor dem Teufel Halt. Heute ist schon beinahe morgen."

Olli schüttelte trotzig seinen Kopf. Merklich.

„Und der liebe Gott wird auch nicht alt."

6

Endlich war Sonntag.

Der Sonntag.

Olli konnte den Abend kaum erwarten.

Trotzdem oder vielleicht deshalb kam ihm die zusätzliche Schicht im Schacht wegen ein paar wichtiger Reparaturen gerade Recht. Sein beachtlicher Beitrag für die größere Sache. Feed the world.

Sein Vorarbeiter hatte sogar so viel für ihn zu tun, dass er es knapp genug nach Hause schaffte.

Seine Frau Heidi hatte ihm bereits den riesigen Fernseher angeschaltet.

„Wo bleibst du denn? Die ersten beiden Partien sind schon ausgelost."

Weiter kam sie nicht, was selten genug vorkam.

„… und der FC?" platzte Olli dazwischen und öffnete sich ein frühes Kölsch.

„Noch im Lostopf," lachte seine Holde ihm fröhlich trällernd entgegen.

Ein kurzer, aber liebevoller Kuss, ein vorsichtiger Blick auf die Auslosung …

„Mist, die vermeintlich leichteren Gegner sind schon weg," brummte Olli.

Währenddessen hatte die Losfee nach einigem Klackern der Kugeln mit den verbliebenen vier Mannschaften das nächste Los gezogen und der Verantwortliche des Verbandes öffnete vorsichtig die Kugel, schielte neugierig hinein und präsentierte den Menschen an den Bildschirmen:

„Bayer 04 Leverkusen."

Olli knurrte.

Jetzt nur kein Auswärtsspiel beim Nachbarn. Obwohl ein Derby reizvoll sein konnte. Denn sowohl der Pokal als auch ein Derby entfaltete seine eigenen Gesetze.

Die Anspannung stieg.

Nervös trank er einen Schluck Kölsch.

Da öffnete sich die nächste Kugel.

„Eintracht Frankfurt."

Wow. Welch eine Partie. Der ungeschlagene Meister und Pokalsieger gegen die Mannschaft der Stunde.

Kaum hatte Olli diesen Gedanken beendet, zog die Losfee das vorletzte Los aus der Trommel. Es klemmte ein wenig. Und obwohl offenkundig war, welche Teams jetzt noch zueinander gelost wurden, so blieb die Frage nach dem Heimspiel offen.

Mit Geduld und einigem hin- und herdrehen löste sich die Verklemmung und die letzte Heimmannschaft stand fest.

„1. FC Köln."

Jubel brandete natürlich nicht nur im Wohnzimmer in dem kleinen Dorf hinter den Vogelbergen auf.

„Da muss ich hin," rief Olli aufgeregt und ganz spontan.

Und dann stellte der Verantwortliche des Deutschen Fußballbundes zur Kontrolle, Bestätigung und Vervollständigung des Viertelfinales das letzte Los vor. Obwohl natürlich alle wussten, was jetzt kam.

„FC Bayern München."

Das Traumlos für alle.

Heute für den FC.

Und für Olli.

„Da muss ich hin," und das war keine Frage.

FC Bayern München.

Traumlos und Alptraumlos zugleich. Spielstark. Erfolgreich. Mit Nationalspielern gespickt. Eine äußerst reizvolle und herausfordernde Partie. Traumlos eben.

7

Unmittelbar nachdem das Los dem 1. FC Köln ein Heimspiel im DFB-Pokal kurz vor Weihnachten beschert hatte, brachen alle Server des Vereins, die Telefonleitungen und Mobilfunksysteme rund um den FC zusammen.

Alle wollten Tickets.

Alle.

Olli auch.

Und so versuchte er bis spät in die Nacht, Karten für seinen ersten Besuch im Stadion zu bekommen.

Seine Frau und seine Kinder unterstützten ihn und probierten am Handy, am PC, am Tablet und sogar via Festnetz mit dem FC in Verbindung zu kommen.

Vergeblich.

Im Westdeutschen Fernsehen sahen sie Berichte über den Ansturm auf die Geschäftsstelle des FC am sogenannten Geißbockheim und die Vorverkaufsstellen.

Überall Menschen in langen Warteschlangen in der Hoffnung auf eines oder mehrere der begehrten Eintrittskarten. Für viele vergeblich.

Irgendwann gaben Olli und seine Lieben auf. Es gab kein Durchkommen. Sie würden es weiter versuchen. Jetzt konnte ihnen nur noch ein Weihnachtswunder helfen.

III. Erste Halbzeit

„Geht's raus und spielts Fußball"

8

Die folgenden Wochen verliefen in einer Mischung aus alltäglicher Eintönigkeit, hoffnungsvollem Bangen und ernüchternder Enttäuschung. Eine Achterbahnfahrt des Lebens.

Auf der Arbeit passierte nicht wirklich etwas Aufregendes. Die Früh-, Spät- und Nachtschichten brachten gewöhnliche Reparaturen mit wenig forderndem handwerklichen Geschick. Olli erledigte sie routiniert und mit der gewachsenen Berufserfahrung.

In der Familie blieben die kleineren Debatten mit den pubertierenden Kindern im üblich-erträglichen Rahmen. Der Geburtstag seines Schwiegervaters blieb harmonisch. Seinem Vater ging es gesundheitlich ganz gut.

Immer wieder versuchten alle Familienmitglieder an eines, mindestens eines der begehrten Tickets zu gelangen. Über den Verein. Wozu war man schließlich Mitglied? Erfolglos. Oder über den Geißbock-Fanclub. Nichts zu machen.

Olli hängte sich in alle Warteschleifen.

„Sie sind jetzt auf Platz 8 462 vorgerückt. Bleiben Sie dran. Wir kümmern uns schnellstmöglich um Ihr Anliegen. Sie sind uns wichtig."

Er ertrug die endlosen, seelenlosen Stimmen künstlicher Intelligenz und die teils nervtötende Musik.

Zu allen Tag- und Nachtzeiten probierte er es.

Karten?

Fehlanzeige.

Selbst die abzockenden ausländischen Ticketportale einschlägiger Anbieter prüfte Olli mit kritischem Blick auf seine Finanzen. Aber waren mehr als 500 Euro für eine Karte wirklich seriös?

So sehr sich Olli ein Spiel seines FC live im Stadion wünschte, irgendwo hörte der Spaß auf. Es gab Grenzen. Finanzielle. Und moralische.

500 Euro für eine Karte? Auf gar keinen Fall.

Dabei war der Termin, den der Fußballbund festgelegt hatte, eine Mischung aus unverschämt und genial. Weil der FC Bayern München im Januar an der neu aufgelegten Club-Weltmeisterschaft mit 48 Mannschaften in Dubai teilnehmen würde, legte der Verband das Spiel auf den 23. Dezember fest.

Der Tag vor Heiligabend.

Es ging nicht anders.

„Wer kam auf so eine Idee?" dachte Olli, „aber auf der anderen Seite hätten er und seine Lieben dies mit einem schönen Weihnachtsbummel in Köln mit dem Besuch verschiedener Weihnachtsmärkte verbinden und vielleicht die Freunde in Bonn treffen können?

Und am Heiligen Abend nach einem hoffentlich schönen Fußballspiel wieder heimwärts fahren können."

Schön wärs.

Aber die Preise schossen immer weiter durch die Decke. Aus München kamen keine Gästetickets zurück. Offensichtlich hatten auch die Bayern Gefallen an einem vorweihnachtlichen Besuch in der Domstadt gefunden.

„Ausverkauft," meldete der FC.

Ollis Hoffnungen schienen zu zerplatzen.

„Jetzt kann uns wirklich nur noch ein Weihnachtswunder helfen," sagte er laut schnaufend zu sich selbst.

Der Mensch denkt, Gott lenkt.

9

Man soll die Hoffnung nie aufgeben.

Niemals.

Schon gar nicht als Gläubiger. Glaube, Liebe und Hoffnung. Sie gehören zum menschlichen Dasein implizit dazu. Sie bereichern unser Leben. Sie machen uns menschlich.

Und als FC-Fan sollte man die Hoffnung erst recht nicht aufgeben. Es hatte schon so viele kleine und große Wunder gegeben.

Wie viele Tore hatten diese Gladbacher gegen die Dortmunder weiland geschossen? Damals. Genau zwölf. Und hatte es zur Meisterschaft gereicht? Was für eine irrsinnige Torejagd am letzten Spieltag 1978. Fünf Tore gegen den FC St. Pauli. Trotz der zwölf Treffer war der FC Meister geworden. Und Pokalsieger obendrauf.

Oder dieser „unscheinbare" junge Spieler, der jetzt Döner machen ließ. Lukas Podolski. Ein Kölner. Weltmeister. So wie Wolfgang Overath 1974 und Hans Schäfer 1954. Ohne Kölner kein Weltmeister. Und wie hieß noch der geniale Torjäger, der sechs Tore in einem Spiel erzielte? Dieter Müller.

Es gab diese Wunder.

Auch und gerade, wenn der FC beteiligt war.

Olli schwelgte.

Dabei hätte er beinahe den Spot im Radio vom Geißbock-Funk überhört.

„Liebe FC-Fans, hier kommt unser ultimatives Megaangebot. Eine allerletzte Chance auf Karten für das Pokalspiel gegen die Bayern. Nur bei uns."

Olli war hellwach.

„Was war das denn?" und drehte das Radio lauter.

„Die Challenge geht so: Wer am 11.11. um 11:11 Uhr mit FC-Trikot auf dem Alter Markt auf der Bühne steht, wenn die Session beginnt, gewinnt bis zu vier Eintrittskarten für sich und seine Familie. Seid dabei. Viel Glück."

Träumte oder wachte er?

„Das konnte doch kein Scherz sein," sagte Olli zu sich und amüsierte sich über das Wortspiel bezüglich des ehemaligen Kultspielers, „das ist Schicksal."

Sofort prüfte er auf der Internetseite des Senders und seines Vereins, ob dies ein verspäteter oder verfrühter Aprilscherz war.

Nein, es stimmte. Das Angebot stand.

Olli musste am 11.11. in Köln sein.

10

„Du kannst an diesem Tag nicht nach Köln fahren," platzte es wutentbrannt aus seiner Frau und den Kindern fast gleichzeitig heraus.

Verständnislos blickte Olli seine Lieben an. Da wollte er einmal etwas für sich machen und dann gab es solch ein Theater.

„Was ist denn jetzt schon wieder los? Einmal, wirklich einmal möchte ich zum FC. Und ihr reagiert auf meinen Wunsch derart heftig. Was war das denn?" Aber diese Gedanken blieben Gedanken und in seinem Kopf.

Und das war auch gut so.

Allein der Gesichtsausdruck seiner Frau genügte, um zu schweigen.

„Hast du es etwa wieder vergessen?" mahnte der Unterton seiner Tochter Klara.

„Was denn vergessen?"

„An diesem Tag treten Mama und ich mit dem Blasorchester bei Imhofs auf. Das erste Mal gemeinsam."

„Nein," ruderte Olli zurück, „das habe ich natürlich nicht vergessen. Da wäre ich längst zurück."

Sprachs und setzte eine vollkommen unschuldige Miene auf.

„Hast es wohl vergessen," polterte sein Sohn Leon los und rannte mit rotem Kopf wutschnaubend aus dem

Zimmer. Obwohl er Bayern-Fan war und das Spiel gewiss auch gerne gesehen hätte.

„Was ist denn mit euch los? Einmal möchte ich zum FC. Ist das denn so schwer zu verstehen?" wandte Olli ein.

„Nein," erwiderte Heidi, seine Ehefrau, „aber am 11.11. ist kein Spiel. Klara und ich spielen zum ersten Mal zum Karnevalsauftakt zusammen. Dein Sohn Leon ist der Kinderprinz. Das wird ja wohl wichtiger sein, wie so ein blödes Fußballspiel?"

Die Worte schwangen wie Donnerhall durch die Küche.

„Du wolltest deinem Sohn bei den Vorbereitungen helfen. Du wolltest ihn bei dieser wichtigen Sache begleiten. Du wolltest an diesem und am folgenden Tag am Schacht Urlaub nehmen. Du wolltest dich an diesem Tag um deine Familie kümmern. Ich kann mich nicht erinnern, dass ein Familienmitglied Geißbock ist," schnauzte ihn Heidi regelrecht an und verließ ebenso den Raum.

Ohne Worte sah Olli hinterdrein.

„Das hast du ja toll hingekriegt, Papa," holte ihn Klara in die Realität zurück, „jetzt hast du was zum Grübeln. Den Familienabend hast du gründlich versaut."

Kaum hatte sie die letzten Worte gesagt, entschwand auch Klara.

Olli hockte allein in der Küche. Mutterseelenallein.

Seine Euphorie über das tolle Angebot aus dem Radio war verflogen. Schneller als die Wolken über dem Monte Kali.

„Und nun?" seufzte Olli ratlos.

IV. Nachspielzeit
„Abseits ist, wenn der Schiedsrichter pfeift"

11

Es ist gut, wenn man in schwierigen Zeiten oder schwierigen Lagen oder wenn beides zusammenkommt, einen Menschen kennt, mit dem man sich besprechen und zudem einen Rat einholen kann.

Olli unternahm einen langen Spaziergang zum Sportplatz, durch das Tal der Kemmete und entdeckte dabei einen Rundwanderweg um seinen Heimatort.

„Wenn es wieder hell, warm und sonnig ist, wandere ich den einmal," dachte er und lenkte seine bislang gedankenverlorenen Schritte eilends zu seinem Vater.

Vielleicht wusste Papa Rat.

Olli war ratlos.

Rundwanderweg Rommerz (Neuhof) - Jochen Nagel

12

„Na, mein Jung, wo drückt denn der Schuh?"

Sein Vater hatte das ausdruckslose Gesicht und die hängenden Schultern sowie die schweren Schritte seines Sohnes längst bemerkt. Irgendetwas stimmte nicht.

Olli schwieg und setzte sich an den großen, schweren Holztisch im Wohnzimmer. Beinahe schien es, als würde er sich an das Möbelstück anlehnen, um ein wenig Halt in turbulenter Zeit zu finden. Halt suchen. Halt finden. Orientierung in komplizierter Situation. Nicht ausweglos, aber kompliziert.

Mit ruhigem und sicherem Schritt folgte sein Vater, ging an den Wohnzimmerschrank, öffnete sein Geheimfach und sagte: „Wer Sorgen hat, hat auch Likör. Jetzt trinken wir erst einmal einen Schluck von meinem selbstgemachten Tropfen und danach erzählst du mir alles. Ist das in Ordnung für dich?"

Olli nickte.

Dann roch er an dem winzigen Glas, nahm den Duft gebrannter Früchte auf, fühlte sich sogleich heimisch und ließ seinen Tränen freien Lauf. Es war gut, bei Papa zu sein.

„Ach, Papa," begann er schluchzend.

Sein Vater beugte sich vor und entgegnete ihm mit ruhiger, beruhigender und sonorer Stimme: „Dann leg mal los, mein Jung," und legte seine von der Arbeit und dem Leben gezeichnete Hand auf Ollis Arm, so als wolle er ihm unausgesprochen Mut zusprechen, und hörte ab diesem Kraft schöpfenden Moment einfach nur noch zu.

Gute 90 Minuten später fühlte sich Olli spürbar erleichtert. Er hatte zwar immer noch keine Lösung für seine vielen Herausforderungen, aber es hatte ihm mehr als gut getan, mit jemandem zu reden.

„Danke," schnaufte es aus ihm heraus, „und was tue ich jetzt?"

Robert, sein Vater, grübelte intensiv über die Ausführungen seines Sohnes. So emotional hatte er ihn schon länger nicht mehr erlebt. Er war aufgewühlt. Er war verletzt. Aber er war definitiv nicht ratlos.

Nach seiner Lebenserfahrung bedurfte Olli den richtigen Schubs. In die richtige Richtung. Dabei war Robert klar, dass er bloß nicht zu viel Ratschlag erteilen sollte, weil bereits der Wortstamm etwas mit „schlagen" zu tun hatte. Schimpfen oder meckern schien ihm ebenso wenig angemessen. Das hatten Frau und Kinder übernommen.

Was sollte er tun? Denn Olli hatte sich vertrauensvoll Hilfe suchend an ihn gewandt. Und Hilfe verwehrte man nicht. Sie war zutiefst menschlich, zutiefst christlich und zutiefst aus der Liebe der Eltern zu ihren Kindern geboren.

Robert nahm also die kleinen Gläser, füllte sie erneut und sagte erst einmal: „Prost!"

Nicht im Sinne von „Prost Mahlzeit", wenn Ungemach drohte. Allerdings ebenso wenig im Sinne eines feucht-fröhlichen Anstoßens aus einem feierlichen Grunde.

Einfach „Prost", um seinem Sohn zugewandt zu sein und ein letztes Mal seine Gedanken zu ordnen.

Mit rauchiger Stimme begann er, überlegt zu formulieren. Wohlbedacht wählte er seine Worte.

„Der Bergmann verrichtet sein Tagwerk meistens unter Tage. In den Schächten, die wir Menschen auf der Suche nach bedeutsamen Gütern tief in den Bauch der Mutter Erde gegraben haben und noch weiter graben. Sie versorgt uns mit den nötigen Dingen und sorgt mit der täglichen Arbeit für Lohn und Brot."

Olli nickte kurz.

„Unter Tage sind wir erst einmal auf uns allein gestellt. Wir verlassen unsere geliebte Familie, stets verbunden mit der Hoffnung, sie am Ende der Schicht wieder über der Erde in unsere Arme schließen zu können. Wir vertrauen tagtäglich auf unsere Schaffenskraft. Wir vertrauen auf die Ingenieurskunst, dass alle Konstruktionen in den Stollen halten und die moderne Technik uns wieder ans Tageslicht bringt. Wir vertrauen auf den Kumpel rechts und links von uns.

So wie die Balken die Stollen tragen, trägt unser gemeinsames Vertrauen ineinander uns durch die Schicht. Viele meiner Kumpels sind gute Freunde geworden. In der täglichen schweren Arbeit. In schwierigen Situationen. Im Angesicht des Todes. Freunde sind wertvoll."

Olli nickte zustimmend und verständnisvoll. Manche Arbeitssituation kam vor sein geistiges Auge. Ebenso gute Kollegen, mit denen er freundschaftlich verbunden war.

„Und mein Junge," endete sein Vater, „wir vertrauen auf den lieben Gott."

Dann war alles gesagt.

Robert nahm die Hand, die von der Arbeit unter Tage gezeichnet war, vom Unterarm seines Sohnes, stand auf und nahm ihn, tröstend und aufmunternd zugleich, in seine Arme.

Fest umschlungen standen sie für einen schweigenden Augenblick.

Schließlich goss Robert ein drittes Mal das Glas voll (aller guten Dinge sind drei), erhob es und sagte: „Wolltest du nicht nach Hause gehen?"

Dabei legte er seine Hand auf Ollis Schulter und schob ihn sanft, aber bestimmt zur Tür.

Auf diese Weise hatte er bereits zahlreiche Familien-
feiern, die nicht enden wollten, zu einem Ende ge-
führt. Er legte einem Gast die Hand auf die Schulter
und meinte „Schade, dass du schon gehen willst."

Und das war dann keine Frage. Es war sein Ritual. Ein
Familienritual.

Olli verstand.

Es war alles gesagt.

Er musste heim.

Dort gab es nun einiges zu besprechen.

Und es gab einiges zu tun.

Olli erwiderte wortlos die Umarmung seines Vaters,
nickte ihm dankbar zu und ging einigermaßen beru-
higt nach Hause.

„Was war ich doch für ein Depp," dachte er laut.

Zu laut.

Denn sein Vater schmunzelte in seinem Rücken,
schloss die Eingangstür und dachte: „Selbsterkennt-
nis ist der erste Weg zur Besserung."

V. Pause (Halbzeit)

„Schaun mer mal"

13 - Ein trauriges Kapitel.

14

„Herzlich bat ich die Muse mich liebliche Worte zu wählen. Heute zur Feier des Tages, doch sie erhörte mich nicht. Besser lehrt mich das Kochbuch ein essbares Opfer zu bringen; wenn es dein Völklein genießt, mehr es die Feier des Tags (Johann Wolfgang von Goethe)."

Es waren nicht die Worte des großen deutschen Dichters, die in der Nachricht der Fischers-Familienküchenkabinetts-Whats-App-Gruppe auftauchten. Dennoch gab es eine Verbindung zwischen der modernen Technik und den Gedanken der Strophen.

Die Küche.

Hier in dem zentralen Raum einer jeden Wohnung fanden bei den Fischers die wichtigsten Gespräche statt. Über den Urlaub. Über die Arbeit. Über die

Schule. Über die Erziehung. Über die streitigen Familienthemen.

Hier wurde alles diskutiert. Und entschieden. In der Küche herrschte gelebte Basisdemokratie. Alle durften zum anstehenden Thema ihre Meinung sagen. Egal ob Eltern oder Kinder. Egal ob Mann oder Frau. Egal ob Jung oder Alt. In diesem beinahe heiligen Raum waren alle gleich.

Gleiche Augenhöhe. Demokratisch. Würdevoll.

Selbstverständlich gab es unterschiedliche Lebenserfahrungen. Selbstredend verschiedene Meinungen. Und natürlich differierende Charaktere mit diversen Emotionen. Aber das machte das Leben doch aus. Diese Vielfalt. Diese bunte Vielfalt. Sie spiegelte das Leben und die Menschlichkeit. Mitmenschlichkeit. Nächstenliebe.

Hier in der Küche entstand aus den Gesprächen und Diskussionen Verständnis füreinander. Selbst wenn bisweilen die Auffassungen nicht überein zu bringen waren. Aus dem Verständnis erwuchs Vertrauen. Eine wesentliche Grundlage des Zusammenlebens. Gerade und auch in der kleinsten Zelle jeder Gemeinschaft, der Familie.

Aus dem Vertrauen erwuchs Gemeinschaft. Aus ebendieser Gemeinschaft baute sich die Stärke der Gruppe und damit wiederum die Stärke eines jeden Einzelnen auf.

Hier in der Küche entstand die Basis für das friedliche Zusammenleben im Gemeinwesen, des Staates.

Und in Fischers Küchenkabinett wurde ebenfalls die Keimzelle für das große demokratische Miteinander gelegt. Verständnisvoll zuhören. Respektvoll streiten. Gemeinsam Kompromisse finden. Und am Ende zusammen das Ergebnis miteinander und füreinander tragen und nicht nur ertragen.

Und daher verstanden die Fischers die Nachricht: „Heute Küchenkabinett. Nach der Schicht. Olli.“

Heute war ein wichtiger Tag.

15

Olli beeilte sich, nach dem Ende der Schicht nicht allzu lange mit seinen Kumpels zu schwätzen. Zu sehr belastete ihn der familiäre Streit, den er selbst so unbedacht ausgelöst hatte.

Wie zu erwarten, saßen bereits alle Familienmitglieder um den Küchentisch. Seine Frau hatte ein paar Brote, von dem guten mit Kümmel drin, zubereitet, die Kinder den Tisch gedeckt und er selbst brachte die Getränke mit.

Manchmal benötigt ein Gespräch einen Vorlauf oder Anlauf, bevor es zum Kern des Anliegens kommt. Dies ist auch gut, weil sich alle Beteiligten darüber bewusst werden konnten, wie verletzt sie waren und daher behutsam miteinander redeten. Also platzte man nicht mit den Gefühlen oder gar Vorwürfen direkt heraus, sondern näherte sich einander über scheinbar alltägliche Banalitäten und Begebenheiten an. Nebensächlichkeiten konnten helfen, das Eis der Verletztheit schmelzen zu lassen.

Man sprach sich warm.

Heidi berichtete über die letzten Tage bei der Agentur für Arbeit. Sie äußerte ihr Unverständnis über die ahnungslosen Politiker aller Couleur, die sich in einem überbietenden Wettbewerb gegen das Bürgergeld befanden. Mit der Realität in den öffentlichen Institutionen und den Belastungen der Menschen hatte dieser Überbietungskampf des politischen Irrsinns nichts zu tun. Mit einer würdevollen Unterstützung Arbeitssuchender oder in Not geratener Menschen schon gar nichts. Auf dem Rücken der Menschen krakeelte offensichtlich eine effektheischende „Politkaste". Natürlich galt es, mit treuhänderisch zur Verfügung gestellten Beiträgen und öffentlichen Mitteln sorgsam umzugehen. Es verstand sich von selbst, zu fördern und zu fordern. Aber vielmehr sollte doch im Mittelpunkt stehen, Hilfsbedürftigen Rat gebend zur Seite zu stehen und nicht nur zu verwalten oder sie gar öffentlich an den Pranger der sogenannten sozialen Medien zu stellen.

Klara erzählte verzweifelt von ihrem schwierigen Mathematiklehrer, von allen nur „BGU" genannt. Stundenlang vermochte er die Tafeln mit Formeln vollzuschreiben, um diese dann vollständig wieder abzuwischen, weil er irgendwo einen Fehler entdeckt haben wollte. Versunken in das Meer seiner Zahlenwelt tauchte „BGU" nur gelegentlich zum Luftholen auf, vergaß allerdings seine Schülerinnen und Schüler, die nicht mehr folgen konnten oder wollten. Didaktisch eine Vollkatastrophe. Nach der letzten Konferenz sollte er wegen des Mangels an Lehrkräften zusätzlich den Physikunterricht übernehmen. Das machte Klara Angst.

„Könnt ihr nicht einmal mit der Direktorin sprechen? So kann und darf es nicht weitergehen. Wir sind alle ziemlich verzweifelt."

Heidi und Olli diskutierten eine Weile mit ihrer Tochter, stellten noch einige Fragen zum Unterricht und der Aufmerksamkeit von Klara, kamen aber schlussendlich zu der Überzeugung, mit der Schulleiterin zu sprechen. Das Abitur sollte nicht durch einen Lehrer, der lieber hätte Professor werden sollen, gefährdet werden.

Das Küchenkabinett funktionierte.

Die beiden Männer hielten sich an diesem Abend auffallend zurück. Maulfaul wäre der richtige Begriff gewesen. Offensichtlich ahnten sie, dass der wesentliche Teil der Besprechung sich rasend schnell näherte oder möglicherweise bereits da war.

16

„Es gilt wie es ankommt und leider nur so.

Wir sind alle gleichwertig als Menschen. Wenn jemand behauptet, wir sind beispielsweise in einer Unternehmensstruktur nicht gleichwertig, dann müssen wir uns fragen, ob es sich nicht mehr um Menschen handelt.

Alle Menschen sind gleich wertvoll.

Es gibt keine schwierigen Menschen, nur schwierige Umstände.

Zwischenmenschliche Interaktionen können mit unterschiedlicher Qualität stattfinden. Gute Qualität setzt eine solide Vertrauensbasis voraus: Die Partner müssen Vertrauen ineinander und Respekt füreinander haben. Die Glaubwürdigkeit eines Menschen stellt die wesentliche Voraussetzung für eine solide Vertrauensbasis dar.

Es gilt wie es ankommt und leider nur so!"

17

Ein wenig zerknirscht und behutsam begann Olli das weitere Gespräch im Küchenkabinett.

„Es tut mir leid, dass ich euch so vor den Kopf gestoßen habe. Auf keinen Fall lag es in meiner Absicht, euch zu verletzen. Ich war so euphorisch, ich weiß auch nicht, was mich an diesem Tag geritten hat. Bitte verzeiht mir."

Damit lag der mutmaßlich schwerste Teil hinter ihm, dachte Olli. Diesen unausgesprochenen Rat seines

Vaters, sich bei seinen Liebsten zu entschuldigen, hatte er berücksichtigt.

Alle im Küchenkabinett nickten wohlwollend.

Aber trotzdem blieb dieser rosa Elefant im Raum. Dieser paradoxe Effekt, wenn ein Mensch absichtlich versucht, einen bestimmten Gedanken, ein bestimmtes Gefühl oder ein bestimmtes Thema zu vermeiden. Es ist dann trotzdem weiterhin da.

Der rosa Elefant heute war das Pokalspiel oder besser gesagt der Termin am 11.11., an dem es eventuell noch Karten dafür geben könnte.

Olli dachte intensiv darüber nach, wie er dieses Thema ansprechen sollte, ohne seine Familie wieder zu verletzen oder zu brüskieren.

Seine Frau packte mit ihrer direkten Art den Stier bei den Hörnern. „Ist die verrückte Idee mit deiner Fahrt zum Alter Markt damit vom Tisch?"

Erwartungsvoll starrten alle Olli an.

Und weil der Bergmann irgendwie „unter Tage" blieb, also sprachlich, hakte seine Tochter beharrlich nach.

„Das ist jetzt nicht dein Ernst, Papa? Du denkst immer noch darüber nach?"

Sein Sohn Leon schüttelte kaum merklich und dennoch für alle erkennbar sein Haupt, so als wolle er diesen Gedanken seiner Schwester verstärken.

„Mensch, Papa, vermassele die Sache nicht. Deine Entschuldigung fand ich cool, echt cool, deine Ansprache mega, aber dein Schweigen, das geht gar nicht."

Olli verstand.

Olli schluckte.

Er musste jetzt dringend etwas sagen. Das richtige. Nur was und wie. Er rang sichtbar nach Fassung und Worten, den richtigen Worten.

„Schatz," warf Heike ein und machte zusätzlich Druck, „was ist nun? Bekommen wir eine Antwort?"

Langsam, sehr gemächlich, tauchte unser Bergmann aus seinem Schacht des Schweigens auf. Gleichsam, wie sich der Aufzug aus dem niedersten Stollen nach oben ans Tageslicht bewegt und die Helligkeit vom Leben erzählt, sah Olli völlig klar. Wie unter Tage, wo man sich mit wenigen Worten oder manchmal allein mit Gesten verständigt, weil es um Leben und Tod gehen konnte, lag im Hier und Jetzt des Küchenkabinetts für ihn alles so eindeutig auf der Hand.

„Ja und nein," sagte Olli und verwirrte damit seine Familie kurz.

Bevor eine allgemeine Diskussion aufkommen konnte und die verletzten Gefühle sich abermals bahn brachen, hob er seine rechte Hand und bat um Ruhe.

„Ich möchte euch die unsinnig erscheinende Antwort gerne erklären. Ja, bedeutet „Ja", ihr bekommt eine Antwort. Und ja, an unserem bedeutsamen Tag im November nach Köln zum Alter Markt zu fahren, ist vom Tisch."

Entspannt und erleichtert zugleich atmeten alle Fischers auf. Ein großer Familienstreit schien vermieden.

„Und nein heißt, dass mir als FC-Fan dieses grandiose Spiel nicht aus dem Kopf geht. Noch nie hatte ich ein solches Verlangen, ein Heimspiel zu sehen. In meinem Inneren spüre ich, es könnte etwas Einmaliges werden, kann dieses Gefühl allerdings nicht erklären. Zwei Herzen schlagen, ach in meiner Brust. Einerseits gebe ich auf gar keinen Fall irgendwelche Unsummen aus, um ein Fußballspiel zu besuchen. Andererseits hätte ich es schön gefunden, wenn wir als Familie gemeinsam nach Köln fahren, den Dom besuchen, ein wenig Bummeln und schließlich das Spiel ansehen. Am Heiligen Abend wären wir wieder zuhause."

Ollis Ausführungen befeuerten plötzlich und überraschend eine völlig andere Debatte. Die Beratungen im

Küchenkabinett nahmen eine unvorhergesehene Wendung, die keiner von den Fischers erwartet oder erahnt hätte.

18

Später, viel später, als sich alle eine gute Nacht gewünscht hatten, stellten sich alle die Frage, wie ihre Gespräche sich derart hatten verändern können.

Irgendwie bekamen alle das merkwürdige Gefühl, es wäre richtig, als Familie die Domstadt zu besuchen. Und dazu gehörte dann eben auch dieses Fußballspiel.

Klara dachte ans vorweihnachtliche Shopping. Da ließe sich gewiss in der einen oder anderen Boutique etwas finden. Leon hoffte darauf, seinen FC Bayern live sehen zu können und ein Trikot seines Lieblingsspielers zu ergattern. Heidi freute sich auf die gemeinsame Zeit mit der Familie und die mächtige Kathedrale.

Kölner Dom - Jochen Nagel

Also ging es irgendwann nur noch um die Frage, wer an jenem 11.11. um 11:11 Uhr in Köln zum Alter Markt ging, um in einem FC-Trikot die wirklich aller- letzte Chance auf Tickets für das Pokalspiel zu ergrei- fen.

Schnell war allen klar, Joachim aus Bonn könnte sie retten.

Doch da gab es dieses Problem. Wieder war er da, dieser rosa Elefant.

Anyway. Nachdem die Lösung im Küchenkabinett gefunden und die WhatsApp Nachricht mit der Einladung zur heutigen „Sitzung" gelöscht werden konnte, blieb es an Olli hängen, das Problem zu lösen.

„Du willst zum Spiel. Es ist dein Freund. Also kümmere dich darum."

So einfach war das.

Oder auch nicht. Dieser blöde rosa Elefant.

Es gilt wie es ankommt und leider nur so.

Olli dachte kurz nach, bevor er einschlief.

„Ja, so einfach war das. Vater hatte es verklausuliert umschrieben. Meine Familie ist wichtig und sie spricht die Dinge klar aus. Der Tag, der so aufwühlend begonnen hatte, endete dank der Debatte im Küchenkabinett mit einer guten Idee."

Mit einem Lächeln auf den Lippen und dem Gedanken an das kölsche Grundgesetz schlief Olli selig ein.

„Et hätt noch immer jot jejange."

19

Über die Vogelberge, den Taunus, den Westerwald und das Siebengebirge hinweg fand das Telefonklingeln die ehemalige Hauptstadt Bonn. Heute Bundesstadt.

Joachim ließ es zweimal klingeln, vielleicht ja wieder ein Werbeanruf, dann hob er ab.

„Hallo, mein Freund," begann er, „was verschafft mir die Ehre?"

„Mein Freund," entgegnete Olli, „ich habe ein kleines Problem und du könntest es für mich lösen."

„Aha, und was ist die Challenge?"

Olli atmete kurz, aber tief durch und fasste zusammen, worin die Herausforderung bestand und warum Joachim seine letzte Hoffnung war.

„Ihr wohnt doch in Bonn. Da ist es doch nicht allzu schwer, nach Köln zu fahren und am Alter Markt zu versuchen, an die Karten zu kommen."

„Hast du eine Ahnung, was zum Auftakt der Karnevalssaison in der Domstadt los ist?"

„Nein, aber ich stelle mir vor, es ist an diesem Tag etwas voller in der City."

„Witzbold. Etwas voller? Die Stadt platzt aus allen Nähten. Schon in den frühen Morgenstunden fahren die ersten Menschen verkleidet in die Stadt, um die allerbesten Plätze zu ergattern. Etwas voller."

Olli schluckte.

„Und selbst wenn ich mich so früh wie möglich aufmache, ist der zweite Teil deiner Bitte ja wohl nicht dein Ernst."

Da war es. Das Problem. Der rosa Elefant.

Olli verzweifelte.

Olli bettelte.

„Du weißt schon noch, dass ihr uns damals die Meisterschaft geklaut habt?"

Olli schmunzelte.

„Wir haben eben genug Tore geschossen gegen St. Pauli. Im Übrigen habt ihr uns mit der illegalen Einwechslung in der Verlängerung den Pokalsieg gestohlen."

Von nun an tauschten sie sich freundlich, verbunden mit ein paar Nickligkeiten, über ihre Lieblingsvereine aus, wie es sich unter echten Fans gehört.

Am Ende des Scharmützels sagte Joachim wohlwollend: „Also gut. Ich mache es. Schick mir dein Trikot.

Ich überlege mir etwas. Schließlich könnte es ja ein Weihnachtswunder werden."

Olli wusste nicht, was er sagen und wie er danken sollte.

„Fühle dich umarmt und gedrückt. Auch über die vielen Kilometer hinweg. Das werde ich dir nie vergessen. Du hast etwas gut bei mir."

VI. Zweite Halbzeit
„Ein Spiel dauert 90 Minuten"

20

Fußballfans sind seltsam. Sie können sich teilweise überhaupt nicht ausstehen. Sie hassen sich. Und das nur, weil der andere einen anderen Verein unterstützt. Manchmal dürfen die Namen der anderen Clubs nicht einmal ausgesprochen werden. Es werden Ersatznamen gesucht.

Ehrenkodex.

Dies trennt und vereint Städte. Es verbindet und trennt Regionen. Derbys werden zu Hochrisikospielen. Die Polizei hält Fangruppen teils mit Hundertschaften oder berittenen Einheiten auseinander. Schlägereien. Pyrotechnik. Gewalt. Alkohol. Rechnungen für den Polizeieinsatz.

Und dennoch verbindet der Sport. Es gibt Fanfreundschaften. Es gibt Choreografien, auch gemeinsame. Für den Verein. Für Spielerinnen und Spieler. Es gibt Gesänge. Stimmungsvoll und motivierend. Vereinshymnen.

Denn am Ende überbrückt für alle Fußballverrückten jenseits aller Vereinstreue die Liebe zum Spiel die Grenzen. Zu diesem einfachen, zauberhaften und unberechenbaren Spiel. Kleine besiegen Große. Mit Geld geht viel, aber eben nicht alles. Mit Herz, mit ganz viel Herz lässt sich vieles ausgleichen. Die Liebe zum Spiel. Dem schönen Spiel.

Der Fußball begleitet die Fans im Prinzip ihr ganzes Leben. Sie lieben den Ball. Sie wollen ihn haben. Schon als kleines Kind, als Spieler, als Trainer. Fußball schenkt so viele unvergessliche, besondere Momente. Diese Liebe zum Spiel überwindet Grenzen. Vereinsgrenzen. Derbygrenzen. Ländergrenzen.

Fußball steht für so viel von dem, was für uns Menschen wertvoll ist. Er steht für Fairness, für Respekt, für Integration und Weltoffenheit. Die Welt zu Gast bei Freunden, hieß es 2006 bei der Weltmeisterschaft

in Deutschland. Der Fußball hat die Kraft, Begeiste-
rung und Lebensfreude auszulösen, selbst wenn die
Welt um einen herum eher in Schwarzmalerei und
Pessimismus verfällt.

Auch wenn der Fußball als die schönste Nebensache
der Welt bezeichnet wird, sollten wir ihn nicht nebensächlich behandeln. Dazu ist er - vielen Menschen und
für die Gesellschaft - zu wichtig. Aus so viel Leidenschaft, Tradition, Erfolg und gesellschaftlicher Bedeu-
tung wächst Verantwortung.

Und so geschah es auch aus dieser Verantwortung
nach dem Telefonat zwischen Olli und Joachim. Die
Liebe zum Spiel führte zum Verständnis für den Fan
eines anderen Vereins. Weil Joachim seinen Verein
liebte, verstand er Ollis Sorgen und Verzweiflung rund
um das Pokalspiel des 1. FC Köln, seines FC.

Es brauchte ein Weihnachtswunder.

21

Zaghaft zeigte sich an diesem grauen Novembertag
die Sonne. Sie duckte sich unter den Wolken, aber
noch über dem Siebengebirge. Zartgrün reckten sich
die verbliebenen Fichten, die den Stürmen und den

Borkenkäfern getrotzt hatten. In leichtes Lila getaucht wirkten die Wolken nicht mehr allzu schwer und sendeten einen karnevalistischen, beinahe fröhlichen Farbtupfer. Der Rhein mäanderte wie seit ewigen Zeiten in seinem Bett, bedeckte und versteckte den Schatz der Nibelungen und glitzerte gleichsam etwas gülden gegen die Tristesse der vergangenen Tage. Trutzig schwebte der Drachenfels stoisch über dem Strom.

Rhein mit Siebengebirge - Jochen Nagel

Erste Närrinnen und Narren hasteten eilig zu den Bussen und Bahnen, um rechtzeitig die Feierplätze des Tages zu erreichen. Auftakt der fünften Jahreszeit. Karneval. Da simmer dabei. Alaaf.

Auch Joachim gehörte zu den frühen Vögeln. Er hatte es Olli versprochen. Heute gab es die allerletzte Chance auf Eintrittskarten für das Megaevent kurz vor

Weihnachten im ehrwürdigen Müngersdorfer Stadion, heute Rhein-Energie-Stadion.

Der FC gegen die Bayern.

DHL hatte das Trikot mit Ollis Namen noch rechtzeitig geliefert. Er bewahrte es gesichert in einer Tasche auf. Auf den letzten Metern sollte ja nichts mehr schiefgehen. Hoffentlich reichte es, wenn er das Trikot trug. So hatte es Olli ihm versichert. Hoffentlich zwangen sie ihn nicht, es anzuziehen.

Die U-Bahn-Linie 16 tuckerte von Bad Godesberg nach Köln. Nun halfen nur noch Gottvertrauen und ein wenig Glück.

In der Domstadt angekommen schaute sich Joachim nach einem guten und gleichzeitig chancenreichen Platz um, von dem aus er die Bühne würde gut erreichen können. Er blickte dabei auf die historischen Gebäude, die den gepflasterten Ort umrahmten und ihm einerseits eine heilige Atmosphäre gaben und andererseits gleichsam schützend eine Grenze boten.

Auf dem Weg hatte er bereits die Vorbereitungen für den bevorstehenden Weihnachtsmarkt entdeckt. Der Heinzelmännchen-Markt nahm Gestalt an. Die Eisbahn weiter hinten konnte er gut erkennen. Fleißige Hände werkelten an Hütten, Buden, Beleuchtungen und den obligatorischen Tannenbäumen. Bald würden die Lichter und die Belebtheit den Advent einläuten. Das Warten aufs Christkind hatte längst begonnen. Wieder einmal neigte sich ein Jahr dem Ende entgegen.

Bereits hier und heute spürte Joachim den Geist der Weihnacht, ahnte den Duft von Mandeln, Bratwurst und Glühwein. Er vermochte in den Handwerkern der zahlreichen und vielfältigen Gewerke die Nachfahren der legendären Heinzelmännchen zu erahnen.

Verträumt ließ er seinen Blick schweifen. Allein die laute Musik passte nicht. Unvermittelt riss ihn eine Gruppe johlender Clowns aus seinen Gedanken.

„Drink doch ene met.“

Und als er viel zu schnell ablehnen wollte, schoben sie hinterher „Stell dich nicht so an. Du stehst hier die ganze Zeit bloß rum.“

Nun gut, um des lieben Friedens willen nahm Joachim eine der ihm dargebotenen Dosen Kölsch, prostete lautstark und freundlich genug zurück und hatte seine Ruhe.

Also, vor den Clowns. Die Musik spielte sich langsam warm. Peu a Peu füllte sich der Alter Markt, genau, wie er es Olli prophezeit hatte.

Petrus hatte inzwischen ein Einsehen mit den Jecken. Die Sonne vertrieb, unterstützt von einem leichten Wind aus Südwest, die Wolken. Es schien ein sonniger Tag werden zu wollen.

22

Nervös blickte hinter den Vogelbergen ein junger Bergmann auf seine Uhr. Erst neun Uhr. Wie war das noch einmal mit der Zeit?

„Kommst du mit zum Frühstücken?" rief ihm ein Kumpel zu.

„Warum nicht," antwortete Olli.

Irgendwie musste er sich ablenken. Er wollte nicht allzu häufig an seine letzte, seine allerletzte Chance auf Karten fürs Pokalspiel denken.

Köln.

Alter Markt.

11.11.

11:11 Uhr.

Allerdings ist es so, dass, wenn man an eine Sache nicht denken will, sie ständig in den Kopf zurückkehrt.

Dann versucht man, über etwas anderes nachzudenken. Meistens gelingt es nicht.

Ollis Gedankenspiele drehten sich auch beim gemeinsamen Frühstück um das Pokalspiel. Er befand sich quasi in einer Gedankenwarteschleife.

Pokalspiel oder nicht.

Das war hier die Frage.

„Warum meldete sich Joachim nicht?"

Just in diesem Moment sendete dieser eine kurze SMS.

„Bin auf dem Alter Markt. Guter Startplatz. Drück die Daumen. Nur noch 90 Minuten."

Olli war dankbar für die Nachricht. Es bestand Hoffnung.

23

Inzwischen sperrte die Polizei den völlig überfüllten Alter Markt. Niemand kam mehr hinein.

Einige angeheiterte bis leicht betrunkene Zeitgenossen mochten das nicht verstehen. Sie wurden mitgenommen.

Die Musik kam jetzt von der ersten Liveband, die mächtig einheizte, für ausgelassene Stimmung sorgte und die Leichtigkeit des Karnevals fühlen ließ.

Im Wogen und Schunkeln der Menschen rutschte Joachim irgendwie in Richtung Bühne. Er konnte und wollte sich gar nicht dagegen wehren. Deswegen war er hier. Fest an sich gedrückt hielt er die Tüte mit Ollis Trikot des FC.

Nur noch knapp dreißig Minuten.

24

Seit einer Stunde keine Nachricht.

Was hatte das zu bedeuten?

Olli wurde immer aufgeregter.

Gut, dass heute nicht allzu viel zu reparieren war. Da konnte er keine Fehler machen. Oder schlecht. Schließlich würde ihn die Arbeit ablenken.

Wie spät?

11:00 Uhr.

Noch elf Minuten.

Und elf Sekunden.

25

Viel zu glatt. Es lief viel zu glatt. Eben hatte die Kirchturmuhr elfmal geschlagen und Joachim hatte die Bühne zum Greifen nah.

Er prüfte noch einmal, ob alle wichtigen Utensilien am Mann waren. Handy - da. Geldbörse - alles okay. Trikot - im Griff.

Auf der Bühne setzten die ersten Redner an, um die Session zu eröffnen. Die Oberbürgermeisterin stand für den wichtigsten Termin des Jahres parat.

Joachim brauchte nur noch elf Schritte.

In diesem Augenblick packten ihn die vier kräftigen Arme zweier Polizisten und zogen ihn beiseite.

„Was haben Sie da in der Tüte? Was haben Sie vor? Folgen Sie uns!"

Erschrocken panisch reagierte Joachim, denn das war keine Bitte, und antwortete wahrheitsgemäß: „In der Tüte ist ein Trikot des 1. FC Köln. Ich möchte für einen Freund auf die Bühne, um vielleicht eines der begehrten Tickets für das Pokalspiel gegen die Bayern zu ergattern. Er muss heute arbeiten und kann nicht selbst kommen. Es ist ein Freundschaftsdienst."

„Und warum haben Sie das Trikot nicht angezogen? Wenn ich mich an das Geißbockradio erinnere, war das die Challenge?"

„Es tut mir leid," entgegnete Joachim, „aber es hieß, man müsse ein FC-Trikot tragen. Das tue ich. Anziehen kann ich es nicht."

„Wohl zu klein?" scherzte einer der beiden Schutzmänner.

„Nein," gab Joachim leise zu, „Gladbach-Fan."

26

Es war gleich viertel nach elf Uhr. Keine Nachricht.

„Das wars dann wohl gewesen," dachte Olli, „kein Weihnachtswunder."

27

Die Polizisten ließen Joachim los, prusteten vor Lachen und wollten gerade gehen.

„Moment," rief Joachim laut und ein wenig verzweifelt gegen die johlende, jubelnde und singende Menge an, „es stimmt wirklich. Hier ist mein Vereinsausweis."

Völlig geplättet kehrten die Polizisten um, schnappten ihn erneut und …

„Halt, wo wollen Sie mit mir hin?"

… inzwischen zählten die Jecken die Uhr auf 11:11 Uhr herunter …

… und schoben Joachim währenddessen auf die Bühne.

Gerade rechtzeitig zum dreimal Kölle Alaaf!

28

Was danach geschah, ist rasch berichtet. Die Verantwortlichen des Geißbockradios ließen sich diese unglaubliche Geschichte mehrfach erzählen. Der Westdeutsche Rundfunk griff sie in seinem Programm auf. Und der Kölner Stadtanzeiger wollte alles haarklein für seine Onlineausgabe wissen.

Unterdessen feierte der gesamte Alter Markt ausgelassen unter strahlend blauem Himmel mit zauberhaftem Sonnenschein den Karnevalsauftakt.

Erst viel später gelang es Joachim, diese wichtige Nachricht per SMS zu übermitteln.

„Weihnachtswunder. Vier Karten für die Fischers."

Um später nachzulegen, allerdings mit einem Smiley hinterlegt: „Trikot ist weiter FC-sauber!"

Olli war selig, glücklich und zufrieden. Weihnachten konnte kommen. Seine Nachricht an die Fischers-Familien-Küchenkabinetts-WhatsApp-Gruppe lautete kurz und bündig: „Weihnachtswunder Teil 1. Auf zum Dom. Alaaf."

Im Kölner Polizeipräsidium herrschte dicke Luft. Dort berieten gerade die Spitzen der Sicherheitsbehörden und die städtische Verwaltung, wie man die Lage am 23. Dezember einzuordnen habe.

Angesichts der Bedrohungen gegen Weihnachts-märkte musste die Polizei auf den zahlreichen Schau-plätzen weihnachtlichen Brauchtums hinreichend prä-sent sein. Zu den Kleinkriminellen, die mit Taschen-diebstählen ihr Einkommen aufbesserten oder über-haupt gestalteten, traten die Gedanken an Messeran-griffe, terroristische Attentate und unberechenbare verrückte Einzeltaten.

Musste da wirklich ein Fußballspiel angesetzt werden? Musste dieses dann tatsächlich als Hochrisikospiel eingestuft werden? Dies alles würde zusätzliche Si-cherheitskräfte binden und am Jahresende weitere Überstunden bedeuten. Als ob die Polizistinnen und Polizisten nicht ohnehin schon belastet oder überlas-tet genug waren.

Noch während die Kölner Oberbürgermeisterin ihr Loblied auf die Vielfalt und Toleranz ihrer Domstadt anstimmte und damit für eine normale Präsenz der Polizei am Stadion warb, rief der Innenminister des Landes persönlich per Videoschaltung an.

„Meine Damen, verehrte Anwesende, ich habe ihnen eine ernste Mitteilung zu machen. Aus gut informier-ten Quellen wissen wir, dass für den 23. Dezember zwei Demonstrationen in Köln angemeldet werden. Dies wird sehr kurzfristig geschehen. Eine Gruppe nennt sich „1860 - Back to the roots" und ist eine neue Aktivistenbasis für das Klima. Sie machen das Jahr 1860 als Wendepunkt der industriellen Entwicklung aus, die das Klima schädigt. Als erstes Ziel setzen sie sich, die klimaschädlichen Fußballspiele wegen der Fluchtlichtbestrahlung, der Rasenheizung und natürlich der Flugreisen zu den Spielen anzuprangern. 1860 klingt irgendwie ironisch, weil das erste Spiel gegen das sie aufbegehren eines mit dem FC Bayern München ist. Die Veranstaltung soll rund um das Stadion stattfinden."

Eisiges Schweigen in Köln.

„Als zweites wird eine Demonstration sich mit der Situation der Menschen in Palästina auseinandersetzen. Diese soll auf der Domplatte stattfinden. Ich habe vorsorglich beim zuständigen Richter in Köln, Dr. Ott, und beim Oberverwaltungsgericht in Münster bei Dr. Lechtermann um Einordnung gebeten. Sie würden Ablehnungen voraussichtlich nicht mittragen. Höchstens den Veranstaltungsort auf der Domplatte sehen sie angesichts der Menschenmassen problematisch. Ich bitte sie, dies bei den Sicherheitskonzepten zu bedenken. Vielen Dank."

Grimmige Mienen gesellten sich zu dem eisigen Schweigen. Permafrost. Ein kurzes Nicken der beiden verantwortlichen Frauen signalisierte dem Minister, dass sie den Ernst der Lage verstanden hatten.

„Ach, ja," endete der Innenminister, bevor er sich verabschiedete, „die gute Nachricht zum Schluss. Zum Spiel hat sich auch das neue Kölner Dreigestirn Prinz, Bauer und Jungfrau angekündigt."

32

Von alledem wussten die Fischers nichts. Sie hatten sich im Küchenkabinett darauf festgelegt, bereits am Samstag vor dem Spiel nach Köln zu fahren. Dann wäre genügend Zeit, um einzukaufen, die Weihnachtsmärkte zu besuchen und am Sonntag in den Dom zur Messe zu gehen. Montags nach dem Spiel würden sie heimwärts fahren und rechtzeitig am Heiligen Abend bei ihren Liebsten sein.

VII. Nachspielzeit

„Die schönste Nebensache der Welt"

33

Der Mensch denkt. Gott lenkt.

Erstmals seit unzähligen Jahren schneite es kurz vor Weihnachten im Rheinland. Und dieser Schnee blieb sogar liegen.

Was das bedeutete, wussten im Rheinland alle. Eine Schneeflocke sorgte für Freude. Zwei Schneeflocken lösten einen Ansturm auf die Reifenhäuser aus, um sich nach guten und günstigen Winterreifen zu erkundigen. Drei Schneeflocken ließen den Verkehr beinahe im Chaos versinken.

Und dieser Schnee blieb einfach liegen.

34

Weiße Weihnachten. Bing Crosby sang in seinem Jahrhundertlied von „White Christmas".

Wer wünschte sich das nicht?

Der Wunsch nach weißen Weihnachten, die in so vielen Geschichten und Filmen geradezu magisch verklärt wurden, blieb sehnsüchtig in den Herzen der Menschen, egal wie alt oder jung der Mensch war.

Schnee im Rheinland - Jochen Nagel

Santa Claus im Schlitten, gezogen von Rentieren, der über die schneebedeckten Dächer huschte, durch den Schornstein in die Wohnungen schwebte, einen Berg von Geschenken hinterließ und alle bereitgestellten Kekse futterte. Eine traumhafte Vorstellung.

Übrigens trug der Weihnachtsmann dabei die Kölner Farben: Rot und Weiß. Wenn das kein Zeichen war.

Auf jeden Fall träumten alle von der verschneiten Landschaft, den weißen Dächern, der reinen Luft, der jungfräulichen Natur in magischem, unschuldigem und märchenhaftem Weiß.

In diesem Jahr blieb der Schnee liegen. Heuer war es kalt genug. Die Natur spielte bei all den träumerischen und verträumten Vorstellungen mit.

Weiße Weihnachten.

VIII. Videoassistent
„Kölner Keller"

35

Schließlich kam der 23. Dezember. Es wollte wieder Weihnachten werden. Das Rheinland lag unter einer geschlossenen Schneedecke, was äußerst selten vorkam.

Im Müngersdorfer Stadion, das jetzt eigentlich Rhein-Energie-Stadion hieß, und unmittelbar drumherum machten sich etliche fleißige Hände daran, den Rasen, die Zuwege, die Tribünen und die Fankurven vom eisigen Weiß zu befreien. Es war schweißtreibend, obwohl das Thermometer kaum die Null-Grad-Marke

überschritt. Alles sollte für einen rauschenden Pokal-
abend bereit sein.

Für den FC Bayern München gestaltete sich die An-
reise überraschend anstrengend. Auch im tiefen Sü-
den der Republik hatte der Winter Einzug gehalten.
Strenger Frost hielt neben Schnee die Flugzeuge am
Franz-Josef-Strauß-Flughafen am Boden. Der Mann-
schaftsbus machte seinem Namen alle Ehre, denn er
brachte dank des umsichtigen und erfahrenen Fahrer-
teams alle Spieler, Trainer, Betreuer und Verantwortliche sicher nach Köln.

Die Familie Fischer hatte sich nach dem Shopping-
Samstag, einem winterlichen Spaziergang an den verschneiten Gestaden des Rheins und der Messe im
Dom am Sonntag für diesen Tag noch den Besuch
von Weihnachtsmärkten vorgenommen, um schließlich abends rechtzeitig im Stadion zu sein.

Und so geschah es.

36

Es will wieder Weihnachten werden. Das kommt gerade recht in turbulenten und ungemütlichen Zeiten,
für die wir Frieden und Optimismus gut gebrauchen

können. Geheimnis und Zauber der Weihnacht liegen in der schlichten Geburt eines Kindes.

Dass ein solches Ereignis die Welt verändern und Licht in die Dunkelheit bringen kann, ist eigentlich kaum zu glauben, auch wenn wir es gerade jetzt so gerne glauben würden, weil in diesem weihnachtlichen Perspektivwechsel die Hoffnung liegt.

37

Olli war ziemlich nervös.

„Wie würde das heute Abend wohl werden? Hoffentlich blieb alles friedlich? Und vielleicht spielte der FC wieder einmal ordentlich bis gut. Aber gegen die momentan wieder so starken Münchener?"

Zweifel stiegen auf. Ein Fünkchen Hoffnung aber blieb. Leicht schmunzelnd dachte Olli an seinen Vater, der ihm hinter den Vogelbergen die Daumen drückte, und bei dem Wörtchen Hoffnung zu sagen pflegte: „Die Hoffnung stirbt zuletzt. Das bedeutet, ich bin vorher dran." Dann lachte er immer.

Ganz in Gedanken versunken waren die Fischers zum Neumarkt gekommen, der weihnachtlich geschmückt war. Kunsthandwerk, verführerische Düfte von Mandeln, Glühwein und natürlich ein kleiner Stand des FC.

Olli stöberte ein wenig, fand aber nichts wirklich passendes. Außerdem machten ihn die Bilder im Kopf vom bevorstehenden Match ganz kirre.

„Wollen wir nicht zum Heinzelmännchen-Markt und über den Alter Markt zum Dom gehen?" fragte er seine Familie.

Alle waren einverstanden. Da es langsam dunkler wurde, wollten sie die besondere Stimmung rund um die ehrwürdige Kathedrale aufnehmen. Vielleicht noch eine Kerze anzünden? Aber nicht für ein Fußballspiel.

Langsam machten sie sich auf den Weg, denn im nahen Parkhaus am Dom stand auch ihr Auto. Sie mussten ja noch zum Stadion fahren. Doch bis 21:00 Uhr blieb noch etwas Zeit.

38

In sorgfältiger und mühevoller Kleinarbeit sorgten die Angestellten, Fans und Freunde des FC dafür, dass mit Schaufeln, Besen, Schneeschiebern und ganz viel

Enthusiasmus wie Geduld gleichermaßen Rasen, Tribünen und Zuwege von Eis und Schnee befreit waren. Für den Rest aufm Platz würde schon die Rasenheizung sorgen.

Das Schiedsrichtergespann und die Verantwortlichen des Fußballverbandes lobten die getane Arbeit und gaben grünes Licht für die Partie.

Alles war bereit.

39

Auf einem schneebedeckten Nebenplatz des riesigen Sportgeländes trainierten die Spieler des FC Bayern München. Professionell und vorsichtig. Nur nicht verletzen vor dem wichtigen Pokalspiel.

Und schon gar nicht vor der noch bedeutsameren Club-WM im Januar des Folgejahres in den Vereinigten Arabischen Emiraten.

Alles ging gut. Jetzt noch die medizinische Betreuung. Danach eine Kleinigkeit essen. Etwas ausruhen.

Alles war bereit.

Nicht minder vorbildlich und ernsthaft übten die Spieler des 1. FC Köln. Das war ihr Spiel, ihre Chance, die bisher eher durchwachsene Saison zum Besseren zu wenden.

Letzte taktische Anweisungen. Ein paar Massagen. Einschwören auf den Teamgeist.

Alles war bereit.

Die Präsidentin des 1. FC Köln hatte dann noch eine besondere Überraschung für die Mannschaft parat.

„Für dieses denkwürdige Spiel verlangt es nach einem außergewöhnlichen Trikot. Daher haben wir ein einmaliges Outfit ausgesucht. Wir spielen hier und heute im Heinzelmännchen-Trikot. Sie sind schlicht in roter Farbe gehalten, wie die Mützen der legendären Heinzelmännchen, diesen leider verschwundenen dienstbaren und hilfsbereiten Geistern. Auf der Brust prangt über dem Herzen das Kölner Stadtwappen."

Alles war bereit.

„Wollen wir nicht langsam aufbrechen?" mahnte Olli seine Familie, „wir müssen doch noch zum Parkhaus gehen, zum Stadion fahren, dort einen Parkplatz finden und unsere Plätze einnehmen."

Klara und Leon protestierten.

„Das Spiel geht erst um neun Uhr los. Hier ist es so schön und heimelig. Außerdem hast du uns noch einen Glühwein versprochen."

„In der Tat," dachte Olli, „es ist wahrlich wunderschön und bezaubernd hier."

Nachdem sie die traumhaften Lichter in den kahlen Bäumen am Alter Markt gesehen und die geschnitzten großen Figuren der Heinzelmännchen bewundert hatten, blieb das eine oder andere Geschenk an den einladenden Ständen hängen.

Hier eine Packung Spekulatius mit Motiv vom Dom. Dort ein mundgeblasener Kerzenständer aus Thüringen. Der eine oder andere Käse aus Holland mit Kümmel bzw. Bärlauch. Eine Handtasche aus Filz. Für alle war etwas dabei.

Schließlich durchschritten die Fischers ein beleuchtetes quadratisches Tor, über dem ein Stern hell

strahlte, der die Pforte zum Weihnachtsmarkt unter
dem Dom bildete.

Weihnachtsmarkt Köln - Jochen Nagel

Dort ragte ein mächtiger, geschmückter Weihnachts-
baum in den Himmel. Ein virtuelles Dach aus schwe-
benden Leuchten bildete ein schimmerndes Zelt. Und
über allem hielt schützend die angestrahlte Kathedrale Wacht über die Menschen.

Obwohl es hier bereits gut gefüllt war, ließ es sich gut
aushalten und wohlfühlen.

„So sollte es sein,‟ dachte Olli.

Alles war bereit.

43

Rund um den Kreuzungsbereich der Aachener Straße
und Militärringstraße versammelten sich jene, die hinter der Klimabewegung „1860 – Back to the roots‟
standen. Ihre Demonstration war ohne größere Probleme genehmigt worden.

Ziel der Demonstration war, die Belastung des Klimas
durch die Fluchtlichtspiele, die Rasenheizungen und
unnötige Inlandsflüge der Mannschaften sowie Anrei-
sen der Fans offenzulegen. Auf die Energieverschwen-
dung rund um die Fußballspiele allgemein sollte an
diesem Abend medienwirksam durch das

hervorstechende Pokalspiel vor Weihnachten hinge-
wiesen werden.

Alles war bereit.

44

Rund um den Aachener Weiher - und nicht wie zunächst beantragt auf der Domplatte - trafen sich die
Demonstrantinnen und Demonstranten, die auf die
katastrophale, menschenunwürdige Situation der
Menschen im Gazastreifen sowie im Westjordanland
hinweisen wollten. Eine mediale Wirkung an diesem
Tag vor dem Heiligen Abend konnte garantiert werden.

Alles war bereit.

45

Ab halb sieben Uhr breitete sich bei Olli dann doch
eine größere Nervosität aus.

„Wollen wir nicht aufbrechen? Unsere Glühweine sind getrunken. Die Einkäufe sind erledigt. Und wir müssen noch ein Stück des Weges zum Stadion fahren."

Auch wenn es rund um den Dom anheimelnd blieb, hatte die Familie ein Einsehen mit dem nervösen FC-Fan.

„Auf geht's," sagte Heidi und sie brachen zum nahegelegenen Parkhaus auf.

Von den beginnenden Demonstrationen ahnten weder die Fischers noch zahlreiche der anderen Fußballfans etwas. Auch nicht jene, die sich nach einem Einkaufsbummel oder einem letzten anstrengenden Arbeitstag auf den Weg heimwärts machen wollten.

46

Polizeihauptmeister Schneider hatte einen arbeitsreichen Abend erwartet und sich und seine ihm anvertrauten Polizistinnen und Polizisten akribisch vorbereitet. Seine Erwartungen sollten den schwersten Befürchtungen weichen.

Die Bewegung „1860 - Back to the roots" - welche Ironie im Zusammenhang mit dem anstehenden Spiel des FC Bayern München und vielleicht auch genauso beabsichtigt - entschied sich, das sehr große Medieninteresse für sich zu nutzen.

Vom genehmigten Kreuzungsbereich Aachener Straße und Militärringstraße stürmten sie unvermittelt in Richtung des Kölner Stadions, umrundeten die Arena, bildeten eine Menschenkette und schlossen sich blitzschnell mit Kabelbindern zusammen.

Es ging erst einmal nichts mehr in und um das Rhein-Energie-Stadion.

Am Aachener Weiher blieb die Protestaktion für die Lebensumstände in Palästina friedlich. Allerdings hatten die Veranstalter nicht mit einer solch großen Anzahl an mitwirkenden Menschen gerechnet. Doch die Weihnachtszeit und die Weihnachtsgeschichte, die in Judäa spielte, mobilisierten zusätzlich.

Aufgrund der Vielzahl an Menschen, die mit ihren Pla-
katen und Bannern weit auseinandergezogen waren,
blieb es nicht aus, dass der Verkehr auf der Aachener
Straße auf dem Weg stadtauswärts und zum Fußball-
stadion außerordentlich stark beeinträchtigt wurde.

49

Olli war und blieb guter Dinge. Mit seinen Lieben
hatte er ein großartiges Wochenende und einen wun-
dervollen Tag in der Domstadt verbracht. Auch der
Besuch des Doms mit der Inaugenscheinnahme des
Schreins der Heiligen Drei Könige bewegte ihn noch
immer.

Sie kamen gut aus dem Parkhaus und rollten langsam
- es ging echt nur im Schritttempo voran - gen Müngersdorf. Im Radio wechselten Weihnachtsmusik und
die Vorberichterstattung auf das Pokalspiel. Alle
schienen entspannt.

50

Polizeihauptmeister Schneider hatte es befürchtet.
Das erahnte Chaos würde eintreten.

„Wie konnten die Verantwortlichen so verantwor-
tungslos sein und einen Tag vor dem Heiligen Abend
ein Pokalspiel ansetzen und zwei Demonstrationen
genehmigen", dachte er und forderte angesichts der
sich zuspitzenden Lage weitere Hundertschaften an.

51

Um 19:30 Uhr kam der Verkehr auf der Aachener
Straße stadtauswärts zum Erliegen.

Olli und seine Familie fuhren gerade in Höhe des Neu-
markts. Im Radio hörten sie von den Ereignissen, die
gerade vor ihnen geschahen.

„Was wird jetzt wohl mit dem Spiel?" fragte sich unser Bergmann aufgewühlt.

Um ihn herum begann eine Mischung aus Resigna-
tion, Hupkonzert, Drängelei nach der besten Spur, die
möglicherweise schneller vorankam, und Ratlosigkeit.

52

Schiedsrichter Dr. Peter Kunter informierte die Mannschaften und die Verantwortlichen des Fußballverbands, dass er in Anbetracht der Gesamtsituation im, am und um das Stadion herum die Partie erst um 21:30 Uhr anpfeifen werde.

Damit sollten die Fans noch eine Chance erhalten, rechtzeitig dabei zu sein. Vor allem aber sollte ein noch größeres Chaos oder gar Ausschreitungen der Boden entzogen werden.

Die Teams hielten sich im Innenraum warm und gelenkig. Alle versuchten, den Focus weiter auf das Spiel zu richten und sich nicht von den äußeren Gegebenheiten beeinflussen zu lassen.

53

Als hätte er es geahnt oder befürchtet. Mit den Demonstrationen endeten die Herausforderungen an diesem Tage nicht. Polizeihauptmeister Schneider atmete tief durch. Die neueste Nachricht aus dem

Polizeifunk erleichterte die Arbeit seiner Kolleginnen und Kollegen nicht gerade.

Alle, wirklich alle Kölner Fanclubs schlossen sich an diesem Tag zu einem gemeinsamen Marsch zum Stadion zusammen. En bloc. Sie wollten so ihre geschlossene und unverbrüchliche Solidarität mit dem Verein ihres Herzens belegen.

Der einsame Polizist, der heute die Verantwortung für die Koordination von Sicherheit und Verkehr trug, dachte nach und wandte sich mit einem Zitat seines liebsten Dichters Johann Wolfgang von Goethe an seine Kolleginnen und Kollegen: „Wer freudig tut und sich des Getanen freut, ist glücklich."

Selbstverständlich wusste er um die ernste Lage, in der die Polizei sich unter dem erheblichen Druck der Öffentlichkeit, der Politik und der Menschen vor Ort stand. Natürlich musste er seinen Beschäftigten Mut zusprechen. Selbstredend sollte und wollte er als Einsatzleiter deeskalierend wirken.

Ein schweres Unterfangen.

Vorsicht ist die Mutter der Porzellankiste. Es musste irgendwie gelingen, die gesamte Lage zu befrieden. Gleichwohl orderte er eine Reiterstaffel und zusätzliche Polizistinnen, um mit großer Geschwindigkeit eingreifen zu können und die Demonstrantinnen und Demonstranten von den selbst angelegten Kabelbindern zu befreien.

Am Tag vor Heilig Abend sollten friedliche Bilder aus der Domstadt kommen.

Polizeihauptmeister Schneider leistete seinen Dienst gerne. Auch und gerade in schwierigen und herausfordernden Situationen. Er war (meistens) glücklich. Ein ganz klein wenig lächelte er deswegen.

Dann schaute er hinauf in den abendlichen Kölner Himmel, aus dem es zu schneien begann. Er fing eine Schneeflocke mit der Zunge auf, schmunzelte und schnaufte zugleich.

„Auch das noch."

Anschließend konzentrierte er sich auf seinen Dienst, der wohl noch einige Stunden andauern würde.

54

Marie und Jupp machten sich trotz des Schneetreibens auf den Weg. Sie sollten sich bis spätestens am 24. Dezember beim Ausländeramt in Frechen melden.

„Was für ein Unsinn," schimpfte Jupp, „wir wohnen nun seit sechs Jahren in Köln. Ich arbeite in einem Restaurant. Meinen Deutschkurs habe ich erfolgreich absolviert. Was soll der Quatsch?"

Beinahe schon rheinisch.

Marie versuchte, ihn zu beruhigen.

„Du hast doch den Brief gelesen. Wir sollen dahin, wo wir zum ersten Mal registriert worden sind. Und das war eben in Frechen, wohin wir verteilt worden waren."

Jupp schüttelte seinen Kopf und antwortete hörbar genervt.

„Ja, schon damals wollten wir lieber zu unseren Verwandten nach Bonn. Und nicht nach Frechen. Ach, und überhaupt. Warum müssen wir den weiten Weg machen, wo du doch schwanger bist."

Marie lächelte milde.

Dem konnte Jupp nicht widerstehen.

Er zog seine Kufija in rot und weiß fester um den Kopf, um sich vor dem herabfallenden Schnee zu schützen, und stapfte missmutig weiter auf der Aachener Straße in Richtung Westen.

Olli wurde immer stiller. Nachdem er sich zunächst über alles und jeden aufgeregt hatte, kehrte er beinahe vollständig in sich.

„Wem nützte es auch, wenn ich dauernd aufgewühlt bin?" sagte er zu sich selbst.

Da konnte er noch so sehr auf die Demonstrationen, die unfähigen Autofahrer, die schlecht geschalteten Ampeln oder den Schnee schimpfen, es half am Ende nichts.

Er fügte sich seinem Schicksal.

Sie kamen im Schneckentempo, und das wäre gefühlt noch rasend schnell gewesen, voran.

Selbst wenn die Partie, wie im Radio verkündet wurde, erst um halb zehn Uhr beginnen würde, blieb es zweifelhaft, ob sie es bis dahin ins Stadion schaffen würden.

Den gut gemeinten Vorschlag seiner Familie, er möge doch laufen und sie würden folgen, mochte er nicht aufgreifen. Man ließ seine Liebsten nicht im Stich. Schon gar nicht wegen eines Fußballspiels.

Und so standen sie mehr oder weniger kurz hinter dem Neumarkt und hofften auf die Tatkraft der Polizei, ein Einsehen der Demonstrierenden oder ein zumindest kleines Wunder.

Im Radio lief abwechselnd die Berichterstattung zum Spiel, die Lage rund um die Demonstrationen, die mit endlosen Verkehrshinweisen verbunden war und dem Rat, die Kölner Innenstadt weiträumig zu umfahren, und Weihnachtsmusik.

Leise kratzte der Scheibenwischer die fröhlich fallenden Schneeflocken von der Scheibe und mit den tänzelnden eisigen Sternchen beruhigte sich Olli immer weiter.

Mit dem Lied „Last Christmas" schien sich der unendliche Autokorso ein wenig zu bewegen. Ein wenig.

„Na, ja," murmelte Olli, „möglicherweise sind wir zur zweiten Halbzeit im Stadion."

56

Wer immer die Idee gehabt hatte, blieb verborgen. In den Gesprächen mit den Verantwortlichen der Pro-Palästina-Demonstration konnte die Polizei erreichen, dass die Menschen den Platz am Aachener Weiher verließen und damit den Verkehr gen Stadion nicht länger blockierten.

Sie sollten als Demonstrationszug auf den Gehwegen der Aachener Straße westwärts ziehen. So könnten sie bei den vorbeifahrenden Insassen der Kraftfahrzeuge positiv für ihre Aktion werben, ohne den Verkehrsfluss zu behindern. Dies würde eher für Verständnis und Zustimmung sorgen, so der Gedanke.

Zudem ergäbe sich die Gelegenheit, Presse, Funk und Fernsehen im Umfeld des Stadions zu erreichen.

Und so geschah es.

Ob der dezente Hinweis auf den Dichter und Denker Goethe mit entscheidend war, blieb ebenso verborgen. Irgendwann soll jedoch sein Zitat gefallen sein und beeindruckt haben: „Wer sich den Gesetzen nicht fügen will, muss die Gegend verlassen, wo sie gelten."

57

„Habt ihr die Beiden eben gesehen?" fragte Klara.

„Wen meinst du?" wollte Olli wissen.

„Na, den Mann mit dem rot-weißen Palästinensertuch und die schwangere Frau auf dem Esel."

„Willst du mich veräppeln?"

„Nein," warf Leon ein, „ich habe sie ebenfalls gesehen. Ich habe noch gedacht, ob sie zur Demo gehen wollen? Da wären sie reichlich spät. Oder ob es vielleicht sogar Terroristen sein könnten. Ein Anschlag wäre heute echt medienwirksam. Oder eventuell doch nur ein weiterer Fan. Rot und weiß. Aber ich habe sie auch gesehen. Da hat Klara recht."

Der Scheibenwischer ächzte unter dem Schneetreiben und mühte sich, die Flocken von der Glasfläche zu schieben. Zudem blieben Schlieren auf der Scheibe und verschlechterten die Sicht.

„Doch, in der Tat," räumte Olli ein, „da vorne könnten die Beiden sein. Seltsam."

Jedoch war er sich nicht ganz sicher. Und in seinen Gedanken sah der Esel wie ein Geißbock aus. Doch das konnte nun wahrlich nicht sein.

Aus dem Radio dudelte gerade „Driving Home for Christmas", als sich die Autoschlange langsam in Bewegung setzte.

Es ging voran.

Noch weniger als eine halbe Stunde bis zum Anpfiff.
Der Block aller Kölner Fanclubs formierte sich zum finalen Marsch in Richtung Menschenkette.

Polizeihauptmeister Schneider befürchtete chaotische
Zustände und setzte die berittene Polizei in Gang, um
die beiden Gruppen voneinander getrennt zu halten.

Leider war, anders als bei der Demo am Aachener
Weiher, nicht gelungen, eine Einigung mit den Veranstaltern der Klima-Demo zu erzielen, damit der Weg
für Zuschauerinnen und Zuschauer sowie Fans, die im
Schneetreiben harrten, ins Stadion freizumachen.

Hier drohte größere Eskalation.

Die Stimmen wurden lauter und aggressiver.

Die Stimmung drohte bei allen Beteiligten zu kippen.

Ohne Vorwarnung stoben die Fanclubs aus ihrem geschlossenen Block, umrundeten die Menschenkette
aus Klimaaktivisten und schlossen sie faktisch ein.

Es waren zu wenige berittene Polizistinnen und Polizisten und somit waren sie machtlos.

Und nun?

59

Die Fischers freuten sich. Langsam, aber stetig rollte der Verkehr quasi im Schritttempo gen Westen. In die richtige Richtung.

Im Radio verkündeten sie, dass die Demonstration am Aachener Weiher sich als stationäre Veranstaltung aufgelöst hatte und jetzt friedlich in Richtung Müngersdorf zog.

Friedlich und von der Polizei begleitet.

60

Marie spürte den Druck. Sie fühlte, dass sich etwas bewegte. Das Baby hatte sich gedreht. Erste Wehen, ganz leichte Wehen, setzten ein.

Marie behielt dies für sich. Sie wollte Jupp nicht beunruhigen. Er hatte sowieso schon genügend Sorgen.

Wieder dieses Ziehen. Doch Marie verzog keine Miene. In ihrem Herzen wusste sie allerdings, dass die Geburt nicht mehr allzu lange auf sich warten lassen würde.

Heute oder Morgen.

Dann war es soweit.

61

Polizeihauptmeister Schneider atmete lang und tief durch. Jetzt nur nicht die Nerven verlieren. Er verfügte über eine außerordentliche Erfahrung. Aus dem Beruf. Aus dem Leben.

Doch dies hier und heute empfand auch er als die bisher herausforderndste Aufgabe seiner Polizistenlaufbahn, die es zu meistern galt.

Es gab keine Einigung, die Klima-Demonstration zu beenden und die Menschenkette, die durch Kabelbinder immer noch rund um das Kölner Stadion stand, aufzulösen. Zudem drängten die Fanclubs sie immer weiter an das hohe Betongebäude.

Er würde den Befehl geben müssen, die Kabelbinder an bestimmten, neuralgischen Stellen zu durchtrennen und den Weg für die Fans ins Stadion freizumachen.

Just in diesem Moment seiner Überlegung ertönte der Anpfiff zum Spiel.

IX. Verlängerung

„Elf Freunde sollt ihr sein"

62

Für Schiedsrichter Dr. Peter Kunter war es nach der Corona-Pandemie das erste Spiel, das er ohne Zuschauerinnen und Zuschauer begann.

Ein seltsames Gefühl.

Er hatte alles versucht, um die Fans ins Stadion zu bekommen, musste aber die Partie jetzt anpfeifen, um sie irgendwie ordnungsgemäß über die Bühne zu bringen.

63

Olli hörte den Anpfiff im Auto auf der Aachener Straße im Radio.

Der Verkehr stockte erneut.

Wenigstens übertrug der Westdeutsche Rundfunk live.

64

Den lauten Anpfiff des Pokalviertelfinales zwischen dem 1. FC Köln und dem FC Bayern München hörten die Menschen weithin. Das Stadion war ja noch leer.

Für einen Augenblick verstummte draußen alles. Kein Laut war zu vernehmen. Die Kölner Welt schien still zu stehen und den Atem anzuhalten. So sehr man sich auch bemühte, etwas zu hören, blieben allein die Wolken des Atems der Menschen, die durch die Dunkelheit schwebten. Sie mischten sich unter die fallenden Schneeflocken und selbst der Wind hatte sein Säuseln eingestellt.

Polizeihauptmeister Schneider horchte in die Stille und fürchtete sich vor einem ausbrechenden Tumult. Den schrecklichen Bildern, die dann von Köln aus durchs Land und um die Welt gehen würden.

Die Ruhe vor dem Sturm.

Der Furor nach dem Luftholen.

Irgendwie harrten alle darauf. Sorgenvoll. Verängstigt. In Anspannung geduckt. Regungslos.

Nichts dergleichen geschah.

Eine glockengleiche Stimme eines Kindes ertönte:

„Schneeflöckchen, Weißröckchen,
wann kommst du geschneit.
Du kommst aus den Wolken,
dein Weg ist so weit."

Noch einmal trat für eine winzige Sequenz diese
wohltuende Stille ein. Die Stimme des Kindes hallte
durch Luft und Raum. Unschuldig. Fröhlich. Zuver-
sichtlich. Motivierend. Befreiend.

Sofern eine Anspannung oder gar Spannung in der
Atmosphäre gelegen haben sollte, die zu befürchteten
Eskalationen oder unüberlegten Handlungen hätten
führen können, so löste der nachhallende Gesang sie
exakt in diesem Augenblick.

Wie von einer unsichtbaren Zauberhand dirigiert er-
griffen die Menschen die scheinbar verklingenden
Töne, nahmen die Schwingungen im Äther auf und
wie beseelt von der jugendlichen Magie stimmte ein
vieltausendfacher Chor ein:

„Schneeflöckchen, Weißröckchen,
wann kommst du geschneit.
Du kommst aus den Wolken,
dein Weg ist so weit."

Der Klang der Musik mit unendlichem Echo zusammen mit dem Bild der verzaubert herabfallenden

Schneeflocken erreichte die Herzen der Menschen und stimmte sie milde und versöhnlich.

65

Drinnen auf dem weiß-grünen Rasen stockten für eine Weile die Spieler beider Mannschaften. Von außerhalb des Stadions schwappte die wohlbekannte Melodie herein und ließ selbst die mit Millionen vergüteten Fußballer innehalten und berührt zurück.

Da spielte es keine Rolle, dass es sich um ein wichtiges Spiel im Pokal drehte, bei dem der Verlierer ausscheiden würde. Und es war ebenfalls unbedeutsam, dass es bereits nach der ersten halben Stunde drei zu null für den FC Bayern stand.

Alles schien entschieden.

Doch das war in diesem berührenden Augenblick auch für die schönste Nebensache der Welt nebensächlich.

66

Olli verzweifelte.

Nicht nur, weil es momentan wieder nicht weiter ging. Sein FC lag 0:3 hinten. Es waren keine Fans im Stadion. Und ob sie selbst es überhaupt bis zur zweiten Halbzeit schaffen würden, schien mehr als fraglich.

Im Übrigen wollte jetzt auch seine Frau dieses Paar gesehen haben wollen. Ein Mann mit rot-weißem Tuch und eine schwangere Frau auf einem Esel.

Wo sollte dieser Tag bloß enden?

67

Polizeihauptmeister Schneider freute sich innerlich. Wodurch auch immer diese weihnachtliche Wendung eingetreten war, er brauchte keine Zwangsmaßnahmen anzuordnen und die berittenen Kräfte mussten nicht eingreifen.

Gemeinsam lösten Polizistinnen und Polizisten die Kabelbinder von den Armgelenken. Ohne Widerstand. Zwar auch ohne Hilfe und Zutun der Klimabewegung. Aber, ohne Aufsehens. Anschließend löste sich die Demonstration langsam auf.

Die Bewegung „1860-Back-to-the-Roots" verbuchte einen großen medialen Erfolg. Eine friedliche

Kundgebung. Im Zentrum standen die Ziele für ein besseres Klima. Presse, Funk und Fernsehen berichteten weitgehend wohlwollend oder emphatisch positiv. Irgendwie war es zu einer Art Verbrüderung mit den Fußballfans gekommen, über deren Verhalten später ebenfalls bejahend erzählt werden sollte.

Eine Win-win-Situation.

Denn das umsichtige Vorgehen der Polizei fand lobenden Zuspruch.

Nun strebten alle ihren Bestimmungen zu.

Die Klimabewegung zog heimwärts, um ihre Aktion auszuwerten und davon beseelt neue Aktivitäten vorzubereiten.

Die Fußballfans strömten endlich ins weite Rund, das allerdings quadratisch war, um ihren Verein zu supporten und vielleicht doch noch in Richtung Halbfinale zu schreien.

Für viele Polizistinnen und Polizisten konnte der Feierabend am Tag vor Heilig Abend, wenn auch schon spät, eingeläutet werden.

Mit einer siebenminütigen Nachspielzeit, die durch die drei Tore und die vorweihnachtliche Gesangsunterbrechung gerechtfertigt war, schickte der Schiedsrichter beide Teams in die Kabinen.

Er ordnete eine zwanzigminütige Pause an, damit die zahlreichen Zuschauerinnen und Zuschauer ihre Plätze einnehmen und sich die Platzwarte um den leicht schneebedeckten Rasen kümmern konnten. Irgendwie schaffte die Rasenheizung es nicht, die herabfallenden Flocken vollständig aufzulösen.

69

Inzwischen erreichte der Pro-Palästina-Demonstrationszug das Umfeld des Stadions. Durch Kälte und Schnee schien es, als hätte sich die Anzahl der Mitwirkenden verringert, aber die Polizei begleitete sie sicherheitshalber weiter.

Es gab über Funk Hinweise auf einzelne Nachzügler. Man wollte auf jeden Fall vorbereitet und vorsichtig sein.

Auf der Aachener Straße rollte der Verkehr stadtauswärts. Langsam und kontinuierlich.

Olli entspannte sich und es keimte Hoffnung auf, noch
ins Stadion zu kommen. Allerdings schwand seine
Einschätzung, was den Sieg für den FC betraf.

Pünktlich pfiff Dr. Peter Kunter die zweite Halbzeit an.
Der FC Bayern München hatte fünfmal gewechselt
und schonte seine wichtigsten Stammspieler für die
nahende Club-WM.

Das Stadion war nun gut gefüllt und die Fangruppen
beider Mannschaften trieben ihre jeweiligen Clubs an.

Sorgen bereitete allen der immer stärker werdende
Schneefall. Nur kein Spielabbruch.

Marie zuckte zusammen. Kein Zweifel: Die Wehen.

Für eine ganze Weile plätscherte das Spiel so vor sich hin. Die Bayern brauchten nicht. Und die Kölner trauten sich irgendwie nicht. Der vom Schnee seifige Rasen tat sein Übriges, um ein gutes oder schnelles Match zu verhindern.

Aber die Fans. Die Fans beider Mannschaften gaben alles, was sie zur Unterstützung ihres Vereins geben konnten. Und so ergab sich trotz eines eher mäßigen Spiels eine stimmungsvolle Kulisse aus Gesang, Anfeuerung, Fahnenschwenken und unterstützendem Beifall.

Rhein-Energie-Stadion (Köln) - Jochen Nagel

Olli schöpfte wieder einmal neue Hoffnung. Die Auto-
kolonne blieb im „move" oder „flow". Er näherte sich
mit seinen Lieben den Parkflächen am Stadion. Langsam breitete sich in ihm ein Hochgefühl aus, doch
noch ein wenig von dem Spiel zu sehen, selbst wenn
das unveränderte Zwischenresultat nicht zufrieden-
stellend oder gar ermunternd war.

Anyway.

Er und seine Liebsten wären dabei. Getreu dem Motto
der Olympischen Spiele „Dabei sein ist alles". Wobei
dies heute auch nicht mehr für alle Athletinnen und
Athleten zutraf, denn die allermeisten wollten gewinnen.

Im Radio blendeten sie jetzt die Musik aus und die
Reportage setzte ein.

„Zwanzig Minuten sind noch zu spielen. Wird das
heute noch etwas für den FC? Oder schaukelt der FC
Bayern das Ding in seiner bewährten Manier nach
Hause?"

Olli knurrte und wollte bereits einen anderen Sender
wählen, aber sein FC-Herz konnte dies nicht.

Mitfiebern. Mitleiden. Immer wieder.

„Liebe Zuhörerinnen, liebe Zuhörer an den Geräten, der FC versucht es noch einmal. Mit dem Mute der Verzweiflung. Ein Angriff über die linke Seite. Vorsichtig. Sicherheitspässe. Der Schnee behindert ein flottes Passspiel. Jetzt der Versuch einer Flanke. Oh, abgewehrt. Hören sie die enttäuschten Fans. Aber, was ist denn das? Die zweite Flanke eiert in den Sechzehner. Alle treten am Ball vorbei. Der Bayern-Torwart, ja, was macht der denn, er rutscht aus und das Ding ist drin! Nur noch 1:3."

Dann blendeten sie Weihnachtsmusik ein.

Olli jubilierte.

Und er tobte. Selbstverständlich wollte Olli jetzt hören, wie es weitergeht.

75

Unter den Demonstranten für Palästina gab es einzelne FC-Fans. Nachdem sie die Ergebnisverbesserung vernommen hatten, warfen sie ihre Plakate freudig in die Luft und hüpften ausgelassen umher.

Für die den Demonstrationszug begleitende Polizei wirkte dies unorganisiert und tumultartig. Sie stoppten die Menschen in der Nähe des Parkplatzes am Stadion.

Mit entsprechenden Auswirkungen auf den Verkehr. Dieser stockte wieder einmal.

Für die Fischers bedeutete es abermals eine Unterbrechung auf dem Weg zum Pokalspiel.

„Willst du nicht zum Stadion laufen?" fragte Heidi ihren Mann.

„Nein," entgegnete Olli, „wir gehen gemeinsam oder gar nicht."

Währenddessen hörten sie im Radio von einer Spielunterbrechung. Der Torhüter des FC Bayern München hatte sich bei einer Rettungsaktion verletzt und musste ausgewechselt werden. Dies führte zu einer besonderen Situation. Weil sich der Ersatztorwart schon beim Aufwärmen verletzt hatte und der Nationaltorhüter wegen der bevorstehenden Club-WM geschont werden sollte und daheimgeblieben war, musste ein Feldspieler ins Tor.

Olli schüttelte seinen Kopf. Ungläubig.

„Was würde an diesem verrückten Tag noch alles geschehen?"

Ganz hinten im Rückspiegel meinte er jetzt auch eine schwangere Frau auf einem Esel erkennen zu wollen. Begleitet von einem Mann mit einem rot-weißen Tuch auf seinem Haupt.

Ungläubig rieb er sich die Augen.

77

Marie verzog vor Schmerzen ihr Gesicht. Es half nichts. Sie musste es Jupp sagen.

„Wir brauchen ein Krankenhaus oder wenigstens eine Herberge. Unser Baby meldet sich immer häufiger und heftiger."

„Jetzt? Hier?" starrte Jupp seine Liebste fassungslos und schockiert an.

Inzwischen berichtete der Reporter aufgeregt von den schwungvollen Angriffsbemühungen des 1. FC Köln. Die Mannschaft hatte ins Spiel gefunden.

Ebenso erzählte er staunend über die unglaublichen Rettungstaten des Feldspielers.

Urplötzlich gab es den ersehnten Pokal-Fight.

Und die Mühen der Domstädter lohnten sich. Eine der zahllosen Flanken, die meist wirkungslos verpufften, gelangte mehr als gut getimt auf den Kopf des Mittel-stürmers. Er reckte sich in die Höhe, wie es sonst al-lein von Christiano Ronaldo bekannt war, platzierte einen Aufsetzer direkt neben den linken Torpfosten.

Unhaltbar.

Anschlusstreffer.

2:3.

Nur noch zwei zu drei.

Noch während der Jubelsong vom „Trömmelche" spielte, setzte ein lautstarker Orkan im Stadion ein. Ein Gesangsorkan: „Echte Fründe ston zesamme …"

Olli wollte bereits über den Radiosender meckern, der
in dieser wichtigen Schlussphase Musik einblendete,
erkannte allerdings rasch den Chor aus den mehr als
45 000 Kehlen:

„Echte Fründe ston zesamme,
ston zesamme su wie eine Jot tun Pott.
Echte Fründe ston zesamme,
es och Jlück op Jück un läuf dir fott.
Fründe, Fründe, Fründe en dr Nut
Jon ér hundert, hundert op e Lut.
Echte Fründe ston zesamme,
su wie eine Jot tun Pott."

Und danach brandete der Beifall von den Rängen, der
bei allen Beteiligten, selbst bei den von Millionenbe-
trägen gezuckerten Spielern, eine Gänsehaut verur-
sachte.

X. Elfmeterschießen
„Drei Ecken ein Elfer"

79

Heute schien er ein glückliches Händchen zu haben.

Es gab solche Tage, an denen einfach alles gelang. Egal, wie schwierig die Aufgabe schien. Egal, ob man wirklich motiviert an die Sache ging. Egal, welche Hindernisse auf dem Weg zum Ziel auch immer kommen würden.

Natürlich gab es das negative Gegenstück. Es klappte partout nichts.

Doch nicht an diesem Tag. Heute schien sich ein komplizierter und anspruchsvoller Tag einem guten Ende zuzuneigen.

Innerlich klatschte Polizeihauptmeister Schneider in die Hände. Ohne größere Gegenwehr ließ sich die Pro-Palästinensische Demonstration auflösen. Die Menschen gingen friedlich und ohne Murren ihrer Wege. Nach Hause. Vielleicht auf einen letzten Glühwein. Einige wollten rund um das Stadion bleiben und das Ergebnis des Pokalspiels abwarten.

Ob sie die Aktion dank der medialen Aufmerksamkeit als Erfolg bewerteten und deshalb gingen, konnte dahingestellt bleiben und hing auch an der Einschätzung eines jeden Einzelnen.

Ob die Menschen einfach zu müde waren nach dem langen, anstrengenden Tag und dem zusätzlichen Fußmarsch, mochte so sein.

Ob es möglicherweise zu kalt durch den überraschenden Wintereinbruch geworden war, vermochte ein Teil der Antwort sein.

Es konnte alles dahingestellt bleiben. Die sich andeutenden tumultartigen Bewegungen stellten sich in der Tat als Jubel für die Mannschaft des 1. FC Köln dar. Harmlos. Die Gruppe hatte sich an alle Absprachen mit der Polizei gehalten. Vertrauenswürdig.

Und so blieben beide Protestveranstaltungen trotz zwischenzeitlichem „die Luft anhalten" friedlich. Mit lauteren Mitteln wiesen die Menschen auf berechtigte Anliegen hin. Dank des gleichzeitig stattfindenden Pokalspiels erzielten sie eine große öffentlichkeitswirksame Verbreitung ihrer Ziele. Im positiven Sinne.

Auch die Polizei errang einen großen Gewinn. Sie hatte für Sicherheit gesorgt und zwei Kundgebungen in schwierigem und aufgeregtem politischen Umfeld sowie einer überfüllten Domstadt gemeistert.

Blieb allein das Fußballspiel.

„Hoffentlich geht auch dieses Ereignis gut über die Bühne," dachte Polizeihauptmeister Schneider und drückte als FC-Anhänger seinem Verein die Daumen.

In seinem Inneren ahnte er, dass seine polizeiliche Arbeit noch nicht beendet war. Aber sie würde gelingen.

Es gab diese Tage.

Da gelang wahrlich alles.

Heute war so ein Tag.

80

Ganz sacht bewegte sich die Autoschlange, oder sollte man besser Autoschnecke sagen, entweder westwärts aus der Stadt oder auf die Parkplätze am Stadion. Alle fuhren ob der geschlossenen Schneedecke vorsichtig. Niemand mochte am Tag vor dem Heiligen Abend in einen Unfall verwickelt werden.

Olli lenkte seinen Wagen behutsam. Er folgte den Anweisungen der Polizei und den Einweisungen der helfenden Hände, die dick eingepackt ihren Dienst für den Verein versahen und freie Plätze zuwiesen.

Im Radio regte sich der Reporter über das Zeitspiel des FC Bayern München auf und verkündete die nur siebenminütige Nachspielzeit.

Olli drückte alle verfügbaren Daumen.

Marie und Jupp hielten nach einer Arztpraxis, einer Pension oder sonstigen Hilfe Ausschau. Sie brauchten dringend eine Herberge. Marie würde dann zur Ruhe kommen. Im Warmen. Jupp versuchte außerdem, einen Rettungswagen auszumachen. Es musste doch irgendwie und irgendwo Unterstützung geben.

Kurz nach halb zwölf Uhr zeigten die Uhren. Im Stadion, an den Armen der Fans und auf den Displays der Mobiltelefone. Die Nachspielzeit, die nach Meinung der Kölner viel zu kurz anberaumt worden war, neigte sich zu Ende.

Der Feldspielertorwart des FC Bayern München drosch den Ball wuchtig in die Hälfte des 1. FC Köln. Ein letztes oder vielleicht allerletztes Mal feuerten die FC-Fans ihren Club enthusiastisch und nimmermüde an. Olli und seine Liebsten lauschten derweil im Radio den Ausführungen des Reporters.

„Vielleicht gibt es noch eine Gelegenheit. Vielleicht noch ein Schuss. Wer weiß? Der Innenverteidiger nimmt den abgeschlagenen Ball auf. Er läuft gemächlich in die gegnerische Hälfte. Mach hin, möchte man ihm zurufen. Hören sie die Menge? Sie tobt. Spiel doch ab. Aber wohin? Wen soll er bedienen? Kein FC-Spieler ist frei. Die Bayern greifen zaghaft an. Anlaufen. Was macht er denn? Einmal gedreht um die eigene Achse. Vor, vorne ist das Tor. Immer noch kein Kölner frei. Was jetzt? Der Trainer ruft verzweifelt etwas aufs Spielfeld, aber der Abwehrspieler hört ihn nicht. Es geht im lauten und hektischen Tohuwabohu auf den Tribünen unter. Geh doch einfach nach vorne. Endlich, möchte man meinen, es ist doch keine Zeit mehr, stakst er voran. Ungelenk. Den Ball am Fuß. Kein Bayern-Spieler bei ihm. Jetzt schieß doch! Verzeihen sie, liebe Zuhörerinnen und Zuhörer, aber es ist doch gleich Schluss …"

… und dann tat er es. Der ungelenke, staksende Innenverteidiger tat genau das. Er schoss. Dreißig oder fünfunddreißig vor dem Tor des FC Bayern fackelte er mit dem Mute der Verzweiflung nicht mehr. Der Ball verließ mit erheblicher Wucht seinen Spann, hoppelte zweimal über den vom Schnee glitschigen Rasen, rauschte an allen Beinen vorbei oder zwischendurch und schlug zur Überraschung aller Beteiligten im Tor des FC Bayern München ein."

3:3!

Unfassbar.

Nach einem winzigen Augenblick der beinahe unglaublichen Schockstarre entlud sich die Anspannung in einem frenetischen Jubel der Kölner Fans. Die Lautstärke sprengte alle Dezibel-Grenzen sämtlicher Lärmschutzverordnungen. Unbekannte Menschen umarmten sich. Das Müngersdorfer Stadion bebte und verkam zum Tollhaus.

Olli sprang aus seinem Auto. Er wusste nicht wohin mit seiner Freude. Laut jubelnd rannte er bis zur Aachener Straße zurück. Er ließ seiner Freude freien Lauf. Olli konnte es kaum glauben. 3:3. Staunend sah er in den Abendhimmel und zu all den hüpfenden Fans, die ebenfalls ihre Fahrzeuge verlassen hatten.

Renaissance des Autoradios.

Wie weiland bei der Fußballweltmeisterschaft 1986 als der Strom auf der Insel Fuerteventura während des Spiels Deutschland gegen Mexiko ausgefallen war und sich alle Interessierten um ein VW-Cabrio mit Radio versammelt hatten. Dort lauschten sie dem spanischen Reporter und der bruchstückhaften

Übersetzung des Autobesitzers. Spannung. Bis der Strom wiederkehrte und alle in die umliegenden Kneipen liefen.

Ein unvergessliches Erlebnis.

Wie heute.

Nur die Spieler und Fans des FC Bayern München blieben staunend und fassungslos zurück.

Was war bitte hier geschehen?

83

Der Ausgleich überstand auch die Überprüfung durch den Videoassistenten im Kölner Keller. Alles korrekt.

3:3.

Abpfiff. Verlängerung.

84

Nach einigen wenigen berauschenden Minuten hatte sich Olli an der Aachener Straße gefangen. Sorgsam orientierte er sich in Richtung Parkplatz und Auto.

Verlängerung. Wahnsinn. Welch ein Drama.

„Da können wir jetzt doch noch etwas von diesem denkwürdigen Spiel in diesem altehrwürdigen Fußball- tempel mitbekommen," sagte er zu sich, als ihn die- ser Polizist, der aus dem Nichts aufgetaucht war, an- sprach.

„Sind sie mit dem PKW da?"

„Ja."

„Haben sie Verbandsmaterial?"

„Selbstverständlich."

„Wo ist ihr Wagen. Ich benötige ihre Hilfe."

Das klang nicht wie eine Bitte, sondern wie eine un- missverständliche Aufforderung, bei der man nicht NEIN sagen konnte.

Trotzdem versuchte Olli, den Polizisten auf seinen Wunsch hinzuweisen, ins Stadion gehen zu wollen.

Doch Polizeihauptmeister Schneider ließ nicht locker und erneuerte seine Bitte nachdrücklich: „Eine schwangere junge Frau benötigt dringend Hilfe. Die Geburt ihres Kindes steht unmittelbar bevor. Sie ha- ben ein Auto und werden mir und der jungen Frau so- fort helfen. Habe ich mich klar genug ausgedrückt?"

Olli nickte und schüttelte innerlich seinen Kopf.

Im Stadion fand inzwischen die Platzwahl statt und der Schiedsrichter pfiff die erste Halbzeit der Verlängerung an.

3:3.

Wohin würde die Reise dieses Spiels nun gehen? Welche Wendungen sah der „Fußballgott" noch vor?

Für die Fans gab es da gar keine Zweifel. Ihr Verein würde gewinnen.

So dachten die von Siegen verwöhnten Fans des FC Bayern München. Siegesgewiss.

Ebenso dachten die Fans des 1. FC Köln. Hoffnungsfroh. Ein klein wenig siegesgewiss. Halbfinale. Finale. Pokalsieger. Europapokal. Die Zukunft war klar.

86

Am Auto auf dem von Menschen verlassenen Parkplatz angekommen, erklärte Olli seinen Liebsten die Situation.

Alle schauten ihn und Polizeihauptmeister Schneider ungläubig an.

„Ist das ihr Ernst? Ist das real?"

Der Polizist blieb ausgesprochen freundlich, wenngleich ebenso verbindlich.

„Wir haben keine Zeit. Weder für Erklärungen noch für Debatten. Es ist die Zeit, um zu Handeln. Auf geht's. Und das sage ich nur einmal", sagte er mit der gebotenen Höflichkeit des Freund und Helfers, jedoch mit der erforderlichen Klarheit des Ordnungshüters.

Rasch entschieden Heidi und Olli, dass ihre Kinder ins Stadion gehen könnten.

Doch sie mochten nicht.

„Wir bleiben zusammen und helfen. Basta."

So machten sich die Fischers gemeinsam mit Polizeihauptmeister Schneider auf den Weg vom Parkplatz zur Aachener Straße und fuhren in Richtung Innenstadt.

Weit mussten sie nicht fahren, bis sie das seltsame Trio von Marie, Jupp und dem Esel ausmachten. An der Haltestelle Eupener Straße harrte Marie schmerzgekrümmt vor Wehen. Jupp hielt tapfer und gleichsam hilflos ihre Hand, um sie zu trösten. Der Esel, angebunden am Pfahl des Haltestellenschildes, starrte in die Dunkelheit.

Zu allem Übel verzogen sich die schneegefüllten Wolken, die den Großteil ihrer Fracht abgeworfen hatten, und ein sternenklares Firmament leuchtete. Damit einher zog eine klirrende Kälte herbei.

87

Die erste Halbzeit der Verlängerung und die einminütige Nachspielzeit verliefen relativ ereignislos. Beinahe schien es, als hätte das Ergebnis von 3:3 beiden Mannschaften den Stecker gezogen. Wie das Resultat schienen sie unentschieden.

Beide Teams wussten nicht recht, ob sie auf Angriff und Halbfinale spielen oder auf das Elfmeterschießen, die große Fußballlotterie, hoffen sollten.

Mit kurzen, knackigen Ansprachen motivierten die Trainer ihre müden Teams. Das Publikum unterstützte bestmöglich.

Anpfiff.

Die Uhr überschritt Mitternacht.

Ohne lange zu zögern, holten die Fischers Marie in ihr Fahrzeug. Wärme war zwingend.

Polizeihauptmeister Schneider orderte blitzschnell einen Notarzt. Eile war geboten.

Marie entspannte sich im warmen Inneren des fremden Autos. Allein Jupp blieb rastlos und wusste nicht, wohin mit all seinen Sorgen.

In der zweiten Hälfte der Verlängerung besannen sich die Bajuwaren ihrer Stärken. Getreu ihrem Leitspruch „Mia san Mia" übernahmen sie auf dem Platz wieder das Kommando und drängten auf den Siegtreffer.

Dieses Leitmotiv strahlten die selbstbewussten Menschen aus, die wussten, was sie wollten und vollkommen leistungsbereit waren. Es bedeutete, bei Rückschlägen nicht aufzugeben, Herausforderungen anzunehmen, die das Leben oder das Spiel nun mal bringt, und diese anzugehen. Bei aller Leistungsbereitschaft sind Gemeinschaft und soziale Verantwortung wichtig.

Immer bereit, alles zu geben. Aber ebenfalls stets bereit, anderen zu helfen. Freude am Leben gehörte dazu.

Und diese Spielfreude entwickelten die Spieler des FC Bayern jetzt. Einmal klatschte der Ball an den Torpfosten. Einmal touchierte er die Querlatte. Mehrfach warfen sich die Spieler des 1. FC Köln in die Schussbahn, um einen Gegentreffer zu verhindern. Nicht zuletzt parierte Schlussmann Schumann prächtig.

Wie lange würde das Bollwerk halten?

Alle hielten den Atem an. Das Publikum schwankte zwischen Faszination, Aufmerksamkeit, Bangen und Hoffen.

Der Tag des Heiligen Abend hatte begonnen.

90

Am eiskalten, sternenklaren Himmel über der Domstadt entdeckte Klara einen Stern. Dachte sie. Doch dieser war seltsam. Er schien sich zu bewegen. Langsam. Ganz langsam. Sachte geradezu.

Ihr Atem zeichnete sich in der klirrenden Luft ab. Sie erinnerte sich an Kometen, wie den Johannesburger

Komet, der auch Januarkomet genannt wurde. Ihnen wurden von den Menschen Eigenschaften zugeschrieben, weil die Ereignisse, an denen sie auftraten, selten blieben. Und faszinierend. Beängstigend. Beeindruckend.

Sei es die Schuld für einen strengen Winter.

Sei es als Vorzeichen eines Krieges.

Sei es als Omen für ein besonderes Ereignis.

Lichtstarke Kometen können mit bloßem Auge beobachtet werden. Durch eine langgestreckte Ellipsenbahn kommen sie der Erde bisweilen sehr nahe. Ihr Kern rotiert und die ständige Freisetzung von Materie, die vom Sonnenwird weggeblasen und somit unwiederbringlich verloren geht, sorgt für die Bildung des so magisch wirkenden Koma und Schweif.

Ein verzaubernder Moment.

Wofür dieser Komet wohl stand?

Was er wohl bringen würde?

Klara atmete tief durch und genoss still diesen wunderbaren Augenblick.

Genau in der Sekunde tiefer Entspannung schrie Marie unter den stärker werdenden Wehen.

Alter Markt (Köln) - Jochen Nagel

Zwei Minuten Nachspielzeit. Die zweite Halbzeit der Verlängerung sollte noch etwas ausgedehnt werden. Letzte Angriffsbemühungen der Münchener. Kompromissloses Wegschlagen des Spielgeräts aus der Gefahrenzone durch die Kölner Recken. Ein Raunen und Staunen auf den Rängen. Noch immer unentschieden. Noch immer 3:3.

Polizeihauptmeister Schneider hielt mit Klara und Leon nach dem Notarzt Ausschau. Fern hörten sie die Sirenen. Das Blaulicht tanzte einem Nordlicht gleich am Himmel. Hilfe nahte.

Olli stärkte Jupp den Rücken. Und Heidi tröstete Marie.

Die Wehen kamen immer schneller und heftiger.

„Ihr müsst mir jetzt zur Seite stehen," rief Heidi ihrem Mann und Jupp zu, „ich glaube, das Baby wartet nicht auf den Notarzt."

Schiedsrichter Dr. Peter Kunter beendete die denkwürdige Partie, die nun um ein weiteres Kapitel er-
weitert werden würde. Denn auch in der Nachspielzeit
fiel kein weiterer Treffer.

Was für ein Spiel.

Und nun der Showdown. Elfmeterschießen.

„Die Schwierigkeiten wachsen, je näher man dem
Ziele kommt.‟

Olli stand neben sich. Wie in Trance, zumindest fühlte
es sich für den Bergmann so an, erlebte er diese
skurrile Situation. In einem Ohr plapperte der Radio-
reporter, den er via Mobiltelefon und Internet im
Kopfhörer zugeschaltet hatte, von der Seitenwahl des
Tores - es ging auf die Münchener Seite - und der
Wahl, welches Team mit dem Elfmeterschießen beginnen würde - natürlich der FC Bayern.

Mit dem anderen Ohr lauschte er nach dem nahenden
Notarzt und dem Krankenwagen, dessen Sirenen

immer lauter wurden und dessen Blaulicht heller und heller leuchtete.

Alles übertönte Marie, die sich unter den Wehen krümmte, nach ihrem Jupp schrie und versuchte, die Geburt hinauszuzögern.

Und dann sah er noch seine Frau, die beruhigend auf die Schwangere einredete und dabei eine stoische und gleichzeitig zugewandte Ruhe ausstrahlte. Nach dem Motto „Ich habe alles im Griff".

„Denn in einer absoluten Einsamkeit, wo man durch gar nichts zerstreut und auf sich selbst gestellt ist, fühlt man erst recht und lernt begreifen, wie lang ein Tag sei."

96

Die für das Elfmeterschießen auserkorenen Spieler gingen mit ihren Mannschaftskameraden zum Mittelkreis. Sie sprachen sich Zuversicht zu, um die Unsicherheit und die Angst des Schützen vor dem Elfmeter zu zerstreuen.

Ein letztes Abklatschen der beiden gegnerischen Teams. Allerletzte Instruktionen für die Torleute durch den Schiedsrichter.

Nun würde die Entscheidung fallen. Nach zehn oder evtl. ein paar Elfmetern mehr.

97

Die besondere Situation einer bevorstehenden Geburt war in den Häusern rund um die Haltestelle Eupener Straße nicht verborgen geblieben. In einer Mischung aus Neugier, Interesse und Hilfsbereitschaft kamen die Menschen aus ihren wohltemperierten Wohnungen und Häusern in die kalte Luft der Winternacht. Rasch wich die Neugierde einer Welle der Solidarität.

Decken wurden herbeigeholt. Wärmende Getränke bereitgestellt. Medizinische Hilfsmittel aus den Schubladen und Schränken hervorgekramt. Dicke Mäntel und Jacken standen zur Verfügung. Es bildete sich quasi ein schützender Kreis um die gebärende Marie.

Ansonsten war es still. Selbst das Martinshorn des Krankenwagens, der sich in unmittelbarer Nähe befand, verstummte. Schweigend und staunend nahmen die Menschen das Wunder kommenden Lebens auf.

Einzelne Stimmen begannen, das größte aller Weihnachtslieder leise zu summen. Stille Nacht, heilige
Nacht. Ein Chor der Mitmenschlichkeit.

98

Olli löste sich aus seiner Trance. Er stupste Jupp an,
der eigentlich Ali hieß, sich aber wegen der besseren
Integration einen rheinischen Namen gegeben hatte.

„Komm, wir müssen unseren Frauen beistehen. Der
Arzt schafft es nicht mehr."

Jupp nickte stumm und beide wandten sich ihren
Liebsten zu.

„Was können wir tun?" wollte Olli wissen.

„Du hältst die Leute fern, bis ich dir etwas anderes
sage. Und Jupp hält den Kopf von Marie," komman-
dierte Heidi.

Gesagt. Getan.

Marie, die eigentlich Hayfa hieß, lächelte, wenn auch
gequält. Alle machten ihr Mut. Da sollte die Geburt ihres ersten Kindes doch gelingen. Berührt von dem
Zuspruch der vielen Menschen konzentrierte sie sich

auf die ihr fremde Frau, die ihr gleichwohl so vertraut ans Herz gewachsen war in dieser schwierigen Zeit.

„Du musst jetzt pressen."

Marie hoffte, dass alles gut werden würde.

Jupp hielt seine Frau so fest, so stark er sie nur halten konnte. Mehr schien er nicht mehr tun zu können.

Am Ende vertrauten alle auf den Allmächtigen.

99

Irgendwann musste Olli schmunzeln. Wie gewünscht hielt er die Menschen von ihrem Auto fern, damit das Kind geschützt geboren werden konnte. Decken sorgten für Sichtschutz und Wärme.

Ihm gleich standen zahlreiche Menschen mit einem Kopfhörer im Ohr und lauschten ganz offensichtlich dem entscheidenden Elfmeterschießen. An ihren Gesichtern konnte er ablesen, welchem Verein ihr Herz gehörte und wie sie, ebenso wie Olli, mitlitten und sich mitfreuten. Gelegentlich bekam er den Eindruck, dass einzelne Übertragungen schneller waren und die Menschen das veränderte Ergebnis eher aufnahmen. Doch das konnte nicht sein.

Und dann hörte er von den ersten Torschüssen.

1:0 FC Bayern.

1:1 FC.

1:1 FC Bayern verschossen.

Olli und die Schar auf der Straße strahlte freudig. Ein Raunen schwappte über Müngersdorf. Doch Vorsicht, es konnte noch viel geschehen.

1:2 FC.

2:2 FC Bayern.

2:3 FC.

3:3 FC Bayern.

3:4 FC.

Die Spannung stieg. Würde Torhüter Schumann jetzt den Ball halten, wäre der FC tatsächlich im Halbfinale.

Marie schrie und riss alle aus der schönsten Nebensache der Welt.

„Alles ist gut,“ rief Heidi und beruhigte alle.

Durchatmen.

4:4 FC Bayern.

„Wenn wir jetzt treffen,“ dachte Olli.

4:4 verschossen.

Das Drama ging weiter. Die nächsten Spieler mussten antreten. Einzeln. Jeder Schuss konnte die Entscheidung bringen.

5:4 FC Bayern.

Der FC musste jetzt treffen.

5:5 der FC antwortete.

„Der Kopf ist da," schrie Heidi.

Marie atmete laut und vernehmlich.

Der Notarzt erreichte einen Parkplatz nahe der Haltestelle und drängte sich durch die Menschenmenge.

Dabei ging beinahe unter, dass der Münchener Spieler am Kölner Torhüter scheiterte.

5:5.

Dann schnappte sich dieser den Ball und wollte zum nächsten Elfmeter selbst antreten.

Verwirrung. So war es nicht geplant.

„Olli", schrie Heidi, „hilf mir."

Blitzschnell tauchte Olli aus den Tiefen des Raumes des Elfmeterschießens auf, wandte sich seiner Frau zu und fragte: „Wie, sag´s mir."

In diesem Augenblick sah er das kleine Lebewesen, das schon fast vollständig den Schoß seiner Mutter verlassen hatte. Magisch verzaubert schaute er auf das neue Leben.

„Gleich ist das Kind da. Du nimmst eines der sauberen Laken, wickelst das Neugeborene ein und legst eine wärmende Decke darum. Es ist saukalt. Und du Jupp - er nickte zaghaft - schneidest die Nabelschnur durch."

Dann geschah alles in Windeseile. Marie presste ein letztes Mal. Das Baby kam vollständig aus dem Schoß seiner Mutter. Heidi wischte es trocken. Jupp schnitt die Nabelschnur durch. Olli wickelte es in ein reines Laken und schnellstmöglich in eine kuschelige Decke.

Der Schrei des Säuglings kündete vom neuen Leben.

Über allem thronte am Himmel der Komet als leuchtendes Element. Er zeichnete ein diamantenes, sternförmiges Strahlen in die Augen des Kindes.

Olli mochte es kaum glauben, doch irgendwie wollte er in diesen Augen und dessen Funkeln erkennen, wie der Kölner Torhüter anlief und den entscheidenden Elfmeter im bayerischen Tor einnetzte.

5:6.

Um ihn herum brandete großer Jubel auf. Olli wusste nicht, ob es mit der Geburt des Kindes oder mit dem Pokalspiel oder mit beidem zu tun hatte.

Egal.

Der Notarzt erreichte endlich Mutter und Kind. Er stellte fest, dass alles in Ordnung war. Beide waren gesund und munter. Dennoch ordnete er den Aufenthalt in einem Krankenhaus an.

Marie, Jupp und das neugeborene Kind strahlten glücklich.

Olli nahm stolz seine tatkräftige Frau in den Arm. Dazu gesellten sich Klara und Leon. Auch wenn sie das Spiel verpasst hatten, würde Erstaunliches und Unglaubliches von diesem Tage zu erzählen sein.

Die Menschen um sie herum feierten ausgelassen die Geburt des Kindes und ein bisschen den Pokalsieg des FC. Irgendwann stimmte ein kleines Mädchen die Melodie eines Weihnachtsliedes an und alle stimmten mit ein. Sie sangen eines der schönsten Weihnachtslieder inbrünstig, voller Liebe und Zuversicht.

„Stille Nacht, heilige Nacht!
Alles schläft, einsam wacht.
Nur das traute hochheilige Paar.
Holder Knabe im lockigen Haar,

schlaf in himmlischer Ruh,

schlaf in himmlischer Ruh."

Beseelt blieben die Menschen noch eine Weile draußen unter dem Licht des Kometen. Der Schnee knirschte unter ihren Füßen und die kühle Luft sortierte die Gedanken. Fröhlich verliefen die Gespräche. Manch neue Freundschaft wurde geschlossen. Manch alte Freundschaft neu belebt.

Marie und Jupp fuhren mit ihrem Kind und dem Notarzt ins Krankenhaus. Alles war gut.

Das Rhein-Energie-Stadion leerte sich, nachdem die Fans ihren FC ausgiebig gefeiert und die Spieler des FC Bayern mit lang anhaltendem Applaus verabschiedet hatten. Beschwingt und friedlich zogen alle heimwärts. Eine solch denkwürdige Partie hatten sie lange nicht erlebt. „Oh, wie ist das schön," klang noch lange durch die Nacht.

Polizeihauptmeister Schneider lehnte sich in seinem Polizeiauto entspannt zurück. Die Kundgebungen: gut begleitet. Das Spiel: ohne Zwischenfälle. Das Verkehrschaos: bewältigt. Die Geburt: immer wieder ein Wunder. Und er mittendrin. Er hatte sein Tagwerk ordentlich geschafft. Mit einem Lächeln auf den Lippen und glänzenden Augen fuhr er nach Hause. „Wer freudig tut und sich des Getanen freut, ist glücklich."

Glücklich und zufrieden begann für Polizeihauptmeister Schneider der Heilige Abend.

Olli und seine Liebsten machten sich trotz der späten Stunde auf den weiten Weg in ihr Dorf hinter den Vogelbergen. Die Straßen waren leer und dank der fleißigen Hände und Maschinen der Straßenmeistereien ohne Probleme zu befahren.

Heidi, Klara, Leon und Olli schwiegen. Sie hingen ihren Gedanken nach und bedachten die Erlebnisse der letzten Tage. Gute drei Stunden nach der Abfahrt kamen sie sicher daheim an. Olli nahm seine Lieben in den Arm, dankte ihnen für ihr Verständnis zum FC-Spiel, das wundervolle Wochenende in der Domstadt und ihren Einsatz für Marie, Jupp und das Kind.

„Ich hab euch lieb," beendete er die Umarmung und schickte sie alle zu Bett.

Anschließend küsste er seine Frau liebevoll und zärtlich und flüsterte ihr leise ins Ohr: „Ich bin unglaublich stolz auf dich. Ich liebe dich. Bis zum Kometen …"

„… und wieder zurück," erwiderte Heidi.

Augenzwinkernd fragte Olli dann: „Nehmen wir noch ein Kölsch?"

Deutzer Brauhaus (Köln) - Jochen Nagel

Und dann prusteten beide lauthals los und krümmten sich vor Lachen. Einem befreienden Lachen, wie man es eigentlich nur von einem Kinde kennt.

XI. Nach dem Spiel
„… ist vor dem Spiel"

100

Bei späteren Erzählungen gingen die Meinungen über die Länge der Staus, die Anzahl der demonstrierenden Menschen, den Einsatz der Polizei und das Spiel auseinander. Trefflich stritten die Menschen, wenn der Pfosten nicht gerettet hätte. Wäre kein Schnee gefallen. Hätte der Bayern-Trainer nicht so viele Stars ausgewechselt.

Jede und jeder vermochte, etwas über diesen denkwürdigen Tag zu berichten. Häufig schien es, als wären alle selbst dabei gewesen. Was natürlich nicht der Fall war.

Doch es gibt diese Tage, an die sich alle gleichermaßen erinnern. Weil sie bedeutsam waren und bleiben. Weil ein wichtiges, berührendes Ereignis geschah.

Weil man dabei gewesen ist. Oder beinahe dabei gewesen wäre.

Diese Tage bleiben bei allen Menschen im Gedächtnis, in Erinnerung. Sie waren, sind und bleiben Geschichte. Prägend für die Menschen. Prägend für die Menschheit.

Jene Juwelen des Lebens krönen unser Dasein. Sie schimmern in der tiefsten Finsternis und senden uns Funken der Hoffnung. Die Hoffnung auf den Glauben an das Gute, die Gemeinschaft und den Zusammenhalt.

Denn ganz am Ende der persönlichen Wahrnehmung eines oder mehrerer Ereignisse kristallisiert sich immer eine übergreifende (oder vermeintliche) Wahrheit, sagen wir besser Meinung, heraus.

Zu jenem außergewöhnlichen Tag vor dem Heiligen Abend in der Domstadt zu Köln begannen die Menschen im Rheinland und weit darüber hinaus die Geschichte mit den Worten zu erzählen: „Weißt du noch? Das Wunder von Müngersdorf.‟

Und am E N D E war alles gut.

S C H L U S S P F I F F

Danke

Ein herzliches Dankeschön an

- Tatjana Kreß, die beste Lektorin der Welt. Genau, konstruktiv und kritisch. Selbstbewusst und verbindlich. Nachhaltig und nachdrücklich. Nur mit und dank ihr sind die Produkte in der Qualität gesichert. Ohne meine herzensgute Ehefrau, die mich nicht nur erträgt, sondern trägt, wäre Alles Nichts.
- Heidi Giebels, für die vortreffliche technische Unterstützung. Nur mit und dank ihr kommen die digitalen Grafiken in das Werk und runden es ausgezeichnet ab.

Über den Autor:

Jochen Nagel, geboren
1960 in Kassel, ist ein
verträumter Realist, der
seinen Mitmenschen ein
offenes Ohr schenkt und
ihren Problemen gegen-
über aufgeschlossen ist.
Mit einem stark ausge-
prägten Gefühl für Ge-
rechtigkeit, Ausgleich
und soziale Eingliede-
rung setzt er sich als
Integrationsfigur in ver-
schiedenen Rollen ein.
Seine Introvertiertheit
ist mit einem Schuss
Extrovertiertheit ange-
reichert. Diese Selbst-
analyse bei einem psy-
chologischen Seminar
als Privatkundenberater
bei der Postbank trifft
noch heute zu. Die Ei-
genschaften sind
ebenso hilfreich bei den
Herausforderungen als
Vorgesetzter bei der
Deutschen Bundespost,
als Prüfer der externen
Finanzkontrolle und als
Vorsitzender des Perso-
nalrats beim Bundes-
rechnungshof. Sein ver-
träumter Realismus ist
Ausgangspunkt für Ha-
bibis Reise, Weihnach-
ten: Ein Geschenk, Af-
rika erzählt und die Tri-
logie von Tröto, dem
Brillofanten, Galego so-
wie viele kleine, noch
unveröffentlichte Ge-
schichten und Märchen.